Die besten Witze aus der DDR

Eulenspiegel

NEUES DE
ORGAN DES ZENTRALORGAN DER SOZIA
Begeisterndes Meeting mit Erich
Wir sind auf dem richtigen

Die 50er Jahre

Von der Sowjetunion lernen heißt siegen lernen

Ein altes Mütterchen in Ostberlin steht vor einem riesigen Stalin-Plakat.
»Wer ist das?« fragt es einen Passanten.
»Das ist unser Befreier!«
»Sehr gut, ob der uns wohl auch von den Russen befreien kann?«

Vor einem Uhrengeschäft steht eine lange Schlange. Ein Passant fragt nach dem Grund. Man antwortet ihm: »Der Laden hat gerade eine Sendung Uhren aus Russland bekommen.«
»Dann stelle ich mich an. Vielleicht ist meine auch dabei.«

»Eben hat mir ein Ausländer meine Uhr gestohlen«, meldet ein Mann auf einer Ostberliner Polizei-Wache. Der Polizist zuckt die Achseln. »Ein Ausländer? Ein Amerikaner wohl?«
»Nein, ein Amerikaner war's nicht.«

»Na, dann ein Tommy?«
»Nein, auch nicht.«
»Also ein Franzose?«
»Nein, auch nicht.«
»Na, was für ein Ausländer soll es dann gewesen sein?«
»Ich glaube, ein Finne!«
»Quatsch, Finnen, haben wir hier gar nicht, Sie meinen wohl, ein Russe?«
»Stimmt, aber das haben Sie gesagt!«

Wilhelm Pieck zeichnet einen Arbeiter aus und überreicht ihm die goldene Aktivistenmedaille. Der sagt: »Du, Genosse Pieck, das mit dem Gold, das ist aber großer Schwindel!«
Entgegnet Pieck: »Deine 300 Prozent Übersoll aber auch.«

Geschichtsunterricht. Der Lehrer fragt: »Warum lieben wir unsere sowjetischen Freunde?«
Fritzchen antwortet: »Weil sie uns vom Hitlerfaschismus befreit haben.«
»Sehr gut. Und warum«, fragt der Lehrer weiter, »hassen wir die Amerikaner?«
Fritzchen: »Weil sie uns nicht befreit haben.«

Ein Mann sitzt im Lokal. »Ober, einen Kaffee, bitte.«
»Tut mir leid, mein Herr, momentan ist kein Kaffee verfügbar.«
»Was, kein Kaffee? Schweinerei! Alles wegen dem Einen ... einen Tee dann bitte.«
»Leider ist auch kein Tee da.«
»Auch kein Tee? Sauerei! Alles wegen dem Einen!«
Darauf steht ein Mann am Nebentisch auf, tritt hinzu und schlägt das Revers seines Mantels zurück: »Staatssicherheit, kommen Sie bitte mit, wir haben da einige Fragen ...«
Beim anschließenden Verhör mit dem Stasi-Major: »Das sind ja starke Äußerungen, die Sie getätigt haben. Wen hatten Sie denn gemeint mit dem Einen?«
Der Mann erklärt: »Wen soll ich schon gemeint haben? Den Adenauer natürlich, der hat doch das Interzonenhandelsabkommen gekündigt!«
»Ach so, hm, hm, Adenauer. Gut, wir haben sonst keine Fragen mehr. Sie können gehen.«
Der Mann steht auf, geht zur Tür und dreht sich noch einmal um und fragt: »Ach, an wen hatten Sie eigentlich gedacht?«

»Sind die Russen unsere Brüder oder unsere Freunde?« – »Na, unsere Brüder. Freunde sucht man sich selber aus.«

In einem Gefängnis sind die Häftlinge zum Appell angetreten.
»Mal herhören«, verkündet der Wärter. »Morgen kommt unser Präsident Wilhelm Pieck.«
»Siehst du«, flüstert ein Häftling dem anderen zu, »ich habe immer gesagt, dass es mit dem kein gutes Ende nimmt.«

Auch in diesem Jahr findet wieder das Festival des politischen Witzes statt.
Erster Preis: Zehn Jahre Winterurlaub in Sibirien.

Im Zug nach Sibirien sitzen drei Männer. Fragt der eine sein Gegenüber: »Brüderchen, was hast du bekommen?«
»Fünf Jahre.«
»Und was hast du gemacht?«
»Ich war gegen Popow. Und du, Brüderchen, was hast du bekommen?«
»Auch fünf Jahre.«

»Und was hast du gemacht?«
»Ich war für Popow«, antwortet der und wendet sich an den Dritten. »Brüderchen, was hast du bekommen?«
»Auch fünf Jahre.«
»Und was hast du gemacht?«
»Nichts habe ich gemacht. Ich bin Popow.«

In der DDR leitet man einen politischen Witz mit dem Satz ein: »Ich bekämpfe zur Zeit folgenden Witz ...«

»Stell dir vor, die DDR hat aus der Sowjetunion zehn Millionen Schuhe erhalten.«
»Das finde ich aber großzügig.«
»Zum Besohlen.«

Die Sowjetunion bringt vier Bücher über den Elefanten heraus:
1. Der Elefant im zaristischen Russland,
2. Der Elefant in der Großen Sozialistischen Oktoberrevolution,
3. Der Elefant im Großen Vaterländischen Krieg,
4. Der Elefant beim Aufbau des Kommunismus
Die DDR bringt 6 Bände heraus: Vier Bände

Übersetzung aus dem Russischen, 5. Band: Der Elefant, der treueste Freund der Sowjetunion, 6. Band: Vom Sowjetelefanten lernen heißt siegen lernen.

Auf einer Parteikonferenz erläutert Otto Grotewohl die schwierige Lage in der Versorgung und endet mit den Worten: »Aus diesem Grund, Genossen, den Riemen enger schnallen.«
Da meldet sich ein Genosse: »Und wo gibt es Riemen, Genosse Grotewohl?«

Frage: Was gab es früher, das Ei oder die Henne?
Antwort: Früher gab es beides.

Was ist kurz, lustig und zum Sitzen?
Ein politischer Witz ...

Treffen sich zwei Männer am Tresen, fragt der eine: »Kennst du den Unterschied zwischen Bier und Walter Ulbricht?«
»Ja«, sagt der, »Bier ist flüssig und Walter Ulbricht ist überflüssig.«

»Kennst du auch den Unterschied zwischen dir und dem Tresen?«
»Nein, den kenne ich nicht.«
»Dann sag ich ihn dir: Der Tresen bleibt stehen, und du kommst mit.«
Nach zwei Jahren treffen sich beide wieder. Fragt wieder der eine: »Kennst du den Unterschied zwischen einem Schwein und Walter Ulbricht?« Der andere, klug geworden, sagt: »Ich kenne keine Unterschiede mehr!«

DDR

»Wer war der erste Mensch, Fritz?« fragt der Lehrer.
»Unser geliebter Stalin, Herr Lehrer«, brüllt Fritz.
»Nein, so war es nicht gemeint«, erklärt der Lehrer, »der erste Mensch war Adam.«
»Jaaa«, antwortet Fritz erstaunt, »wenn Sie die Kapitalisten mitrechnen!«

In der Mathematikstunde wird eine Textaufgabe gestellt. Zwei Brigaden asphaltieren eine drei Kilometer lange Straße. Brigade A beginnt am Ende a und arbeitet um 20 Prozent schneller als Brigade B, die an Punkt b beginnt. Die Lehrerin fragt nun: »Wo treffen sich beide Brigaden?«

Fritzchen meldet sich. »Na, Fritzchen, wo?«
»In der Kneipe.«

Der Lehrer fragt die Schüler nach ihren Berufswünschen.
»Ich will Parteisekretär werden«, sagt Hänschen.
»Ich will Gewerkschaftsfunktionär werden«, sagt Frank.
»Und ich, ich weiß es noch nicht«, sagt Fritzchen. »Ich weiß nur, dass ich auch nicht arbeiten will.«

Ein Lehrer fragt seine Schüler, wer das Kommunistische Manifest geschrieben hat. Da sich niemand meldet, wendet er sich an einen der besten Schüler.
Dieser antwortet erschrocken: »Ich war's nicht.«
Er fragt den nächsten Schüler.
»Ich war's auch nicht«, antwortet dieser.
Der Lehrer ist enttäuscht. Auf dem Heimweg trifft er den Abschnittsbevollmächtigten und erzählt ihm, was er mit der Klasse erlebte.
Darauf dieser: »Na pass auf, morgen bestelln wir uns die Kerle, ich hab schon ganz andere Sachen rausgekriegt.«
Völlig aufgelöst kommt der Lehrer nach Hause, setzt sich an den Abendbrottisch und erzählt

seiner Frau, was passiert ist. Die tröstet ihn: »Mach dir nichts draus, vielleicht warn sie's wirklich nicht.«

Vor der Parteikontrollkommission muss sich der Genosse Lehmann verantworten. Er habe sich vor Versammlungen gedrückt und abfällige Bemerkungen über die Partei gemacht. Ausführlich führt ihm der Vorsitzende der Kontrollkommission seine Verfehlungen vor Augen, lenkt aber schließlich ein und sagt: »Weil du ein guter Arbeiter bist, sprechen wir nur einen Verweis aus. Du darfst weiterhin Genosse unserer Sozialistischen Einheitspartei bleiben.«
»Ist gut«, sagt Lehmann, »ich nehme die Strafe an.«

Wilhelm Pieck und Otto Grotewohl gehen am Sonntag zusammen in die Kirche.
»Was können wir denn für ein Lied singen?« fragt Pieck.
»Vielleicht ›Ein feste Burg ist unser Gott ...‹?« schlägt Grotewohl vor.
»Nein, das können wir doch nicht singen, wir glauben doch nicht an Gott!« erwidert Pieck.
»Na dann lass uns doch mit der zweiten Strophe

beginnen: ›Mit unsrer Macht ist nichts getan, wir sind gar bald verloren‹...«

Stalin kommt nach seinem Tod sofort in die Hölle. Niemand will ihn dort zum Nachbarn haben. Da klopft der Teufel an ein abseits gelegenes Verlies an. »Hier Karl Marx«, tönt es von innen.
»Du bist doch der, der *Das Kapital* geschrieben hat?« fragt der Teufel.
»Allerdings«, sagt Marx.
Der Teufel schließt auf, schiebt Stalin rein und meint: »Hier hast du die Zinsen!«

Als Stalin im Jenseits den Zaren Nikolai trifft, ignoriert er ihn natürlich. Doch bei der zweiten Begegnung macht sich Nikolai an ihn heran und sagt: »Ich weiß schon, wir sind eigentlich Klassengegner, aber ich bin nach so langer Zeit einfach neugierig. Wie ist es denn jetzt in Russland?«
»Sehr gut ist es!« antwortet Stalin.
»Wirklich? Gibt's denn noch Sibirien?«
»Gibt's!«
»Gibt's auch noch die Ochrana?«
»Heißt jetzt etwas anders, aber gibt's!«

»Gibt's auch noch Wodka?«
»Natürlich!«
»Wirklich? Sechzigprozentigen?«
»Nein – bei uns 40 Prozent!«
»Ach so … na ja, ist auch nicht wenig. Aber sag mal – wegen dieser 20 Prozent musstet ihr eine Revolution machen?!«

Nach seiner großen Rede auf dem XX. Parteitag erhält Chruschtschow einen anonymen Zettel aus dem Saal: »Warum habt ihr das alles nicht schon früher gesagt?«
Chruschtschow liest ihn vor und fragt: »Wer hat das geschrieben?«
Schweigen. »Ich frage zum zweiten Mal: Wer hat das geschrieben?«
Als auch die dritte Frage ohne Antwort bleibt, sagt er: »Seht ihr, Genossen: deshalb!«

Chruschtschow besucht Indien. Während eines Banketts will er den indischen Ministerpräsidenten bewegen, ein Glas Wodka zu trinken. Der lehnt aus religiösen Gründen strikt ab. Chruschtschow versucht ihn zu überreden und bietet ihm eine Zuckerfabrik dafür an. Doch der Inder bleibt konsequent. Chruschtschow

bietet zwei, schließlich sogar drei Zuckerfabriken an. Der Inder trinkt ein Glas. Da lacht Nikita schallend.
»Warum lachen Sie, wenn ich mich im Interesse meines Volkes über unsere religiösen Anschauungen hinwegsetze?« fragt der Inder.
»Ich lache nicht über Sie, ich stelle mir vor, was Ulbricht für ein Gesicht macht, wenn er erfährt, dass er jetzt drei Zuckerfabriken nach Indien liefern muss!«

Ulbricht in der Gemäldegalerie: »Herrlich, ja herrlich dieser van Gogh.«
»Nein, Genosse Ulbricht, das ist ein Rembrandt.«
»Ja, herrlich, ja diese Bergzicke hier.«
»Genosse Ulbricht, das ist ein Spiegel.«

Impressionismus ist, wenn ein Maler malt, was er sieht.
Expressionismus ist, wenn er malt, was er empfindet.
Sozialistscher Realismus ist, wenn er malt, was er hört.

Einem Studenten der Tiermedizin werden zur Abschlussprüfung drei Knochen vorgelegt, die er zuordnen soll. Der Student kommt ins Schwitzen und kann die Frage nicht beantworten. Daraufhin sagt der Prüfer: »Na, was haben Sie denn bei uns die ganze Zeit studiert?«
Jetzt fällt es dem Studenten wieder ein und er sagt: »Sagen Sie bloß, das sind die Knochen von Marx, Engels und Lenin!?«

»Diese Lederschuhe kann ich Ihnen sehr empfehlen, da gibt es sogar Garantie drauf«, sagt die HO-Verkäuferin.
»Was, garantiert Leder?«
»Nein, garantiert Schuhe.«

Fritzchen im Biologieunterricht. Der Lehrer stellt den Kindern die Frage: »Es ist klein, rot, hat einen buschigen Schwanz und hüpft von Baum zu Baum. Was ist das?« Antwortet Fritzchen: »Ich würde meinen, ein Eichhörnchen. Aber wie ich den Laden hier kenne, ist es bestimmt wieder der weise Führer aller Werktätigen Jossif Wissarionowitsch Stalin.«

Drei Gefangene in Bautzen unterhalten sich.
»Warum sitzt ihr?«
»Ich kam immer fünf Minuten zu früh. Da hat man mich wegen Spionage verurteilt. Und warum sitzt du?«
»Ich kam immer fünf Minuten zu spät. Da hat man mich wegen Sabotage verurteilt.« Die beiden fragen den dritten Häftling: »Und nun musst du uns sagen, warum bist du hier?«
»Ich kam immer pünktlich. Da hat man mich ertappt, dass ich eine West-Uhr habe.«

»Dem Parteilehrjahr verdanke ich meine schönsten Abende!«
»Du bist doch gar nicht in der Partei!«
»Ich nicht, aber meine Frau.«

Die SED-Kreisleitung fordert den Intendanten des Senftenberger Theaters auf, Selbstkritik zu üben. »Genosse«, sagt der Kreissekretär, »du wirst einen Artikel verfassen, in dem du bekennst, Fehler begangen zu haben …«
»Was denn für Fehler?«
»Du wirst schreiben, dir sind schwerwiegende Irrtümer unterlaufen …«
»Was denn für Irrtümer?«

»… dass du ideologische Verfehlungen begangen hast …«
»Was denn für Verfehlungen?«
»… dass du das Ansehen der SED geschädigt hast …«
»Was denn für ein Ansehen???«

Otto Grotewohl gibt einem westdeutschen Reporter ein Interview. Er wiederholt alle Statements der letzten Zeit und schließt mit der Bemerkung, in der DDR gehe es weiter voran.
Der Reporter sagt: »Entschuldigen Sie, gerade hat Ihr Ministerium für Handel und Versorgung eine neue Lebensmittelverknappung für den Sommer angekündigt.«
»Na und«, sagt Grotewohl, »vor einem Jahr hätten wir sie nicht mal angekündigt.«

Der Lehrer fordert: »Bildet einen Satz mit den beiden Substantiven Partei und Frieden!«
Fritzchen meldet sich: »Mein Vater sagt immer: ›Lass mich mit der Partei in Frieden.‹«

Frage: Gibt es im Kommunismus Geld?
Antwort: Nein.
Frage: Wovon sollen wir dann unseren Parteibeitrag bezahlen?

Warum ist Leipzig die frömmste Stadt?
Zweimal im Jahr ist Messe, ansonsten ist Fasten.

Fritzchen kommt heulend aus der Schule. »Der Lehrer hat mir im Deutschaufsatz eine Fünf verpasst!«
»Und warum, mein Sohn?«
»Wir sollten schreiben: Die DDR ist ein rechtmäßiger Staat.«
»Und was hast du falsch gemacht?«
»Ich habe recht mäßig auseinander geschrieben.«

Ein Omnibus fährt über Land. Plötzlich steht quer über der Landstraße ein Ochse, der nicht weicht, so sehr der Fahrer auch hupt. Bis ein älterer Bauer aus dem Bus steigt, zum Ochsen geht und ihm was ins Ohr flüstert. Der Ochse nimmt reißaus. Als der Bauer wieder einsteigt, fragt ihn der Fahrer neugierig, was er gemacht habe, dass der Ochse prompt auf ihn hörte. »Ach, es war ganz einfach«, sagt der Bauer. »Ich habe gesagt, wenn du jetzt nicht abhaust, musst du in die LPG.«

Ein LPG-Vorsitzender liest seinem Schweinemeister die Leviten. »Also, Kollege, wenn das Ferkelsterben nicht aufhört, raucht's aber im Karton. Früher, im Kapitalismus, waren deine Schweine gesund und fett. Hast du eine Entschuldigung?«
»Nein«, sagt der Meister, »aber eine Erklärung? – Vielleicht Selbstmord?!«

Familie Huber hat einen Papagei, der immer »Die Saukommunisten! Nieder mit der SED!« krächzt. Eines Tages kündigt eine SED-Lokalgröße ihren Besuch an. Wohin mit dem Papagei? Der landet im Tiefkühler. Der SED-Mann kommt, begutachtet die Wohnung und geht wieder. Drei Stunden danach denkt die Hausfrau an den Papagei und holt ihn aus dem Tiefkühler. Da krächzt er nur noch: »Liebe Kommunisten! Nieder mit dem Kapitalismus!«
Die Hausfrau fragt erstaunt, warum er seine Meinung geändert habe, worauf der Papagei antwortet: »Drei Stunden Sibirien sind genug!«

Der Lehrling: »Entschuldige Meister, ich hab heut meine Schaufel vergessen.«
»Macht nichts, stütz dich mit auf meine.«

Der Sozialismus hat aus früheren Gesellschaftsformationen jeweils das Beste übernommen: aus dem Kapitalismus das Geld und die Warenproduktion, aus dem Feudalismus die vielen kleinen Könige, aus der Sklavenhaltergesellschaft die Arbeit mit den Menschen und aus der Urgesellschaft die Arbeitsproduktivität …

Sagt der Brigadier zu seinen Leuten: »Ich habe zwei Nachrichten für euch, eine gute und eine schlechte. Zuerst die schlechte: Wir müssen morgen 500 Säcke Kies verladen. Nun die gute: Es sind weder Säcke noch Kies da.«

Auf einem Gerüst stehen ein paar Maurer und machen heimlich eine Flasche leer. Da stürzt einer runter und bricht sich das Genick.
»Scheißtrinkerei, was machen wir jetzt?«
»Wisst ihr was? Wir stecken ihm die Hände in die Taschen. Dann sieht's wie'n Arbeitsunfall aus.«

»Schon fertig mit Holzhacken?« fragt ein LPG-Bauer den Nachbarn, der im Schatten liegt.
»Ja«, erwidert der, »heut Nacht hat ein Blitz das Holz kurz und klein geschlagen.«
»Und was machst du jetzt?«
»Jetzt warte ich, dass ein Erdbeben die Kartoffeln aus dem Boden schüttelt.«

Anfrage des Landwirtschaftsministeriums an eine sächsische LPG: »Genossen, könnt ihr die Milchproduktion um 10 Prozent steigern?«
»Kein Problem.«
»Genossen, könnt ihr die Milchproduktion um weitere 20 Prozent steigern?«
»Natürlich können wir auch das, aber dann wird die Milch schon sehr dünn!«

Wilhelm Pieck und Otto Grotewohl fahren im Taxi durch Berlin. »Wenn ich jetzt Zigaretten zum Fenster rauswerfe, laufen mir alle Männer hinterher«, sagt Pieck.
»Wenn ich jetzt Damenstrümpfe aus dem Fenster werfe, laufen mir alle Frauen hinterher«, sagt Grotewohl. Sagt der Taxifahrer: »Und wenn ich euch jetzt beide zum Fenster rauswerfe, läuft mir das ganze Volk hinterher!«

Walter Ulbricht hält ein Referat. »Genossen, der Klassenfeind behauptet, es gibt keine Butter bei uns, nu, das ist eine Lüge. Und das Papier zum Einwickeln, nu, das werden wir auch bald haben.«

Chruschtschow sucht eine Nebenbeschäftigung für Kossygin, der in Rente geht. Man schlägt ihm vor, ihn auf der Aurora als Museumswärter einzusetzen. Chruschtschow lehnt entrüstet ab: »Von dort aus ist schon mal eine provisorische Regierung gestürzt worden!«

DDR

Eine Interflug-Maschine fliegt Moskau an. Der Kapitän gibt durch den Lautsprecher bekannt: »Bitte die Gürtel enger schnallen!«
Ein sowjetischer Funktionär an Bord springt vom Sitz auf und ruft: »Ich verbitte mir diese antisowjetische Propaganda!«

Eine Frau kommt in den Laden. »Ham Se Waschmaschinen?«
»Nein, keine Waschmaschinen gibts nebenan, hier gibts nur keine Fahrräder.«

Kommt ein alter Herr zur Sparkasse und will ein Konto eröffnen.

»Wie viel wollen Sie denn einzahlen?« fragt der Mann am Schalter.

»Hundert Mark. Aber ist das Geld bei Ihnen auch sicher?«

»Auf jeden Fall. Wie kommen Sie darauf?«

»Man hört so viel von Pleiten ...«

»Aber bei uns doch nicht, mein Herr ...«

»Und wenn Ihnen nun doch das Geld mal ausgeht?«

»Dann haben wir ja noch die Staatsbank.«

»Und die kann nicht pleite machen?«

»Nein, für die garantiert der Staat.«

»Und wenn der pleite geht?«

»Guter Mann, das sollte Ihnen doch hundert Mark wert sein.«

DDR

Was ist ein Meinungsaustausch?

Wenn du mit deiner Meinung zum Parteisekretär reingehst und mit seiner wieder rauskommst.

UNSER
BESTER

Die 60er Jahre

Walter schützt vor Torheit nicht

Wann sagte Lenin: Lernen, lernen und nochmals lernen?
Als er Walter Ulbrichts Zeugnis sah.

Wer ist der größte Feldherr der Weltgeschichte?
Walter Ulbricht! Er schlug zwei Millionen Menschen in die Flucht und nahm 17 Millionen gefangen.

DDR

Brandt und Adenauer lassen Ulbricht mitteilen, dass sie mit ihm auf keinen Fall Skat spielen würden. Er reize nur bis 13 und finge danach sofort zu mauern an.

Zwei Grenzer auf Streife an der Mauer mit Blick auf den Westen ...
»Was denkst denn du gerade so?«
»Das Gleiche wie du ...«
»Dann muss ich dich leider festnehmen.«

Wie kann man die Himmelsrichtung bestimmen?
Man legt eine Banane auf die Mauer. Wo sie abgebissen wird, ist Osten.

Stehen zwei kleine Jungen an der Grenze, einer auf westlicher, einer auf östlicher Seite. Der im Westen isst eine Banane. Der aus dem Osten guckt traurig. Der aus dem Westen: »Ätsch, ich habe eine Banane!«
Der aus dem Osten: »Ätsch, wir haben den Sozialismus!«
Der aus dem Westen: »Ätsch, wir haben auch bald den Sozialismus!«
Der aus dem Osten: »Ätsch, dann habt ihr aber keine Bananen mehr …«

Treffen sich zwei Maulwürfe an der Mauer.
»Los«, sagt der eine, »so wie wir heute arbeiten, werden wir morgen leben.«

Ulbricht und Mao Tse-tung unterhalten sich.
»Wie viele Feinde haben Sie in der Volksrepublik China?« fragt Ulbricht.
»Es werden so etwa siebzehn Millionen sein.«
»Ja, das ist ungefähr so wie bei uns.«

Ulbricht hält auf einer Jubiläumsfeier eine Hochrede auf die Sowjetunion. Er sagt: »Heute ist ein Fünftel der Erde sozialistisch, bald wird es ein Sechstel, ein Siebentel, ein Achtel sein!«

Walter Ulbricht besucht ein Heizkraftwerk. Der Betriebsleiter führt ihn und weist auf die großen Heizkessel.
»Genosse Ulbricht«, sagt er, »wir können mit Stolz behaupten, dass wir die Anlage schon zwei Jahre ohne Kesselstein fahren!«
»Nu ja, Genosse«, sagt Walter und klopft ihm beruhigend auf die Schulter: »Kopf hoch, ich glaube, diesen Engpass werden wir auch noch überwinden!«

»Madame Ulbricht«, sagt die Hausangestellte. Lotte unterbricht: »Aber, wie redest du mich an?«
Die Hausangestellte korrigiert sich: »Genossin Ulbricht. Ich habe heute meinen freien Abend, da gehe ich in die Oper und sehe mir ›Genossin Butterfly‹ an.«

Walter Ulbricht besucht mit seinem Gefolge das Goethehaus in Weimar. Er wird feierlich begrüßt und durch die Gedenkstätte geführt. Ulbricht ist schnell gelangweilt, schleicht unbemerkt in ein Nebenzimmer und setzt sich in einen bequemen Sessel. Als ein Museumswärter das bemerkt, versucht er Ulbricht stotternd beizubringen, dass sich niemand in Goethes Sessel setzen darf: »Verehrter Herr Staatsratsvorsitzender --- in diesem Sessel hier --- da hat vorher immer nur --- das ist nämlich Goethes Sessel --- da darf niemand ...« Darauf Ulbricht unwirsch: »Nu, ist doch kein Problem, wenn der Genosse wiederkommt, steh ich eben auf!«

DDR

Ulbricht besucht eine LPG in Mecklenburg. Auf dem Feld sagt er zum Vorsitzenden: »Dieser Roggen, ja, ist aber kurz.«
»Das ist Gerste, Genosse Ulbricht«, kommt die erklärende Antwort.
»Nu ja, Hackfrucht bleibt Hackfrucht.«

Warum nimmt Walter Ulbricht Lotte immer mit auf Reisen? Damit er sie zum Abschied und zur Begrüßung nicht küssen muss.

Der Fahrdienstleiter des Leipziger Hauptbahnhofs ist verhaftet worden. Er hat bei der Ankunft von Walter Ulbrichts Sonderzug gerufen: »Zurücktreten! Bitte sofort zurücktreten!«

Frau Grotewohl ruft Lotte Ulbricht an. »Du, Lotte, kommst du heute mit? Wir gehn zu Figaros Hochzeit.«
»Ach nein, ich kenne die Leute doch gar nicht.«

Ulbricht steht eines Abends im Schlafzimmer vor seiner Frau Lotte. Er kratzt sich verlegen am Kopf. »Irgendetwas wollte ich dir sagen ...« Er zieht einen Zettel aus der Tasche. »Nu, da ist es ja: Gute Nacht, Lotte.«

Ulbricht beobachtet aus dem Fenster des neuerbauten Staatsratsgebäudes, wie ein Loch für einen Fahnenmast gegraben wird. Der Mast wird aufgestellt, das Loch zugeschüttet, und logischerweise bleibt etwas Erde über. Daraufhin graben die Arbeiter ein neues Loch und schaufeln die Erde rein, aber natürlich bleibt wieder etwas Erde über. Da öffnet Ulbricht das Fenster und ruft: »Nu, Genossen, ihr müsst tiefer graben!«

Der Lehrer sagt zum Kind, es soll mit »Freundschaft« grüßen. Der Vater sagt, es soll mit »Guten Tag« grüßen. Das Kind schreibt an Walter Ulbricht, um das Problem zu klären. Der antwortet: »Solange ich in der DDR was zu sagen habe, wird es keinen guten Tag geben.«

DDR

Kennedy und Chruschtschow wollen wissen, wie die Menschheit im Jahr 2000 leben wird. Kennedy sagt: »Wir haben einen neuen, modernen Großrechner, den füttern wir einfach mit unsern Daten.« Am Schluss drücken sie den Knopf, zwei kleine Zettel kommen aus dem Rechner. Kennedy nimmt seinen Zettel, liest und versteckt ihn. Chruschtschow nimmt seinen, liest und versteckt ihn auch.
»Na sag mir schon, was auf deinem Zettel steht«, fordert Chruschtschow Kennedy auf. Nach einigem Zögern liest er vor: »›Im Jahr 2000 hat der Kommunismus gesiegt.‹ Und nun lies du!«
Chruschtschow ziert sich, hält den Zettel versteckt.
»Das ist unfair«, sagt Kennedy, »nun mach schon!«
»Da, bitte«, sagt Chruschtschow und hält Kennedy den Zettel hin. »Kannst du etwa Chinesisch lesen?!«

Was wäre passiert, wenn man statt Kennedy Walter Ulbricht erschossen hätte?
Schwer zu sagen, aber Onassis hätte die Witwe bestimmt nicht geheiratet.

»Die Erfolge der sowjetischen Wissenschaft werden der gesamten Menschheit zugute kommen«, erklärt ein russischer Gastdozent. »Unsere Sputniks waren nur ein Anfang. Bald wird der Tag kommen, an dem man zum Flughafen Berlin-Schönefeld geht und eine Fahrkarte zum Mond oder zur Venus kaufen kann!«
»Fantastisch«, meint ein Student, »vielleicht haben wir von dort Anschluss nach Hamburg oder Köln!«

Anfrage an den Sender Jerewan: »Stimmt es, dass in der Sowjetunion der Mais wie Telegrafenmaste wächst?« Antwort: »Im Prinzip ja, aber nicht so stark und so hoch, sondern so weit auseinander.«

Nikita Chrustschow soll den Nobelpreis für Biologie bekommen.
Er hat Weizen in der Ukraine gesät und in Kanada geerntet.

Stalin hat drei verschlossene Briefe hinterlassen, die nur in ausweglosen Situationen geöffnet werden dürfen. Während der Kuba-Krise öffnet Chruschtschow den ersten Brief. Darin steht: »Schiebe alles auf mich. Stalin.«
Kennedy wird ermordet. Chruschtschow öffnet den zweiten Brief: »Schiebe alles auf die Amerikaner. Stalin.«
Chruschtschow verliert seine Mehrheit im Obersten Sowjet. Er öffnet den dritten Brief: »Jetzt bist Du dran, drei Briefe zu schreiben. Stalin.«

Anfrage an den Sender Jerewan: »Stimmt es, dass dem Kosmonauten Gagarin auf dem Roten Platz ein rotes Auto überreicht worden ist?«
Antwort: »Im Prinzip ja. Nur handelte es sich nicht um den Kosmonauten Gagarin, sondern um einen Arbeiter gleichen Namens. Und es geschah nicht in Moskau, sondern in Kiew. Es war auch kein Auto, sondern ein Fahrrad, und es wurde ihm nicht überreicht, sondern gestohlen.«

Schulung in der LPG. »Die Sowjets fliegen schon zum Mond«, sagt der Parteisekretär.
Fragt ein Bauer: »Alle?«

Ein Journalist fragt den Bestarbeiter: »Wie lange arbeiten Sie schon in diesem VEB?«
»Über 20 Jahre«, antwortet der.
»Aber Moment, so lange gibt es doch noch gar keine volkseigenen Betriebe?«
Der Arbeiter zuckt die Schultern: »Überstunden, viele Überstunden!«

Fragt ein Reporter den Direktor des VEB: »Können Sie mir sagen, wie viele Leute in Ihrem Werk arbeiten?«
Der Direktor überlegt kurz, dann sagt er: »So etwa fünfzehn bis zwanzig Prozent.«

Ochse, Pferd und Huhn stehen an der Mauer und überlegen, ob sie abhauen.
»Ich bleibe«, sagt das Huhn, »hier sind die Eier billiger.«
Das Pferd meint: »Ich bleibe. Hier geht es dauernd bergab und das ist für mich leichter.«
»Ja, meint ihr denn, ich gehe?« sagt der Ochse. »Hau ich ab, bleibe ich ein Ochse, hier kann ich Diplomingenieur werden.«

DDR

Karl-Eduard von Schnitzler geht über die Straße. Kommt ihm ein Mann entgegen und sagt: »Guten Tag, Herr von Schnitz!«
Darauf Schnitzler: »Aber ich heiße doch Schnitzler und nicht Schnitz.«
Der Mann entgegnet: »Tut mir leid, länger habe ich Ihre Sendung noch nie gesehen.«

Kommt ein Mann nachmittags nach Hause und findet seine Frau mit einem anderen Mann im Bett.
»So eine Schlamperei«, schreit er sie an, »du machst hier rum, und im Konsum gibt es Bananen.«

DDR

Unter welcher Parole kämpften die römischen Sklaven? »Es lebe der Feudalismus, die lichte Zukunft der Menschheit!«

Können sie mir den Kapitalismus erklären?
Kapitalismus ist die Ausbeutung des Menschen durch den Menschen.
Und wie ist es mit dem Sozialismus?
Da ist es genau umgekehrt.

Worin zeigt sich, daß der Kommunismus dem Kapitalismus überlegen ist?
Ginge es im Kapitalismus so drunter und drüber, wäre er schon längst zugrunde gegangen.

Ein Volkspolizist fragt seinen Kollegen, wie er zu seinem Staat steht.
»Genauso wie du«, antwortet der vorsichtig.
»Da muss ich dich leider verhaften.«

Wie öffnet ein Polizist eine Fischbüchse?
Er klopft an und ruft: »Aufmachen. Deutsche Volkspolizei.«

Ein Junge steht an einer Jauchegrube und heult: »Meine Mutter ist weg, meine Mutter ist hier reingefallen.«
Ein Polizist zieht sich schnell aus, springt in die Grube und durchwühlt sie mehrmals. »… ich kann nichts finden! Sag mal, ist deine Mutter wirklich hier reingefallen?«
Darauf der Junge: »Na gut, komm Se raus, da schmeiß ich eben die Schraube auch noch weg.«

Ein Polizist findet einen Pinguin, schafft ihn zur Wache und fragt, was er machen soll. Der Wachtmeister sagt: »Gehn Se in den Zoo.«
Der Polizist macht sich auf den Weg
Nach zwei Stunden kommt er mit dem Pinguin an der Hand wieder.
»Was ist denn los?« fragt der Wachtmeister.
»Zu Befehl, Genosse, im Zoo warn wir, jetzt wolln wir ins Kino!«

Ein Mann läuft quer über die Straße.
Ein Volkspolizist ruft ihn zur Ordnung: »Bürger, wie überqueren wir denn den Fahrdamm?«
Antwort des Bürgers: »Diagonal.«
»Sehen Sie«, sagt der Polizist, »und warum machen wir das nicht?«

Ein Ausländer spricht zwei Polizisten an:
»Du ju spiek inglisch?«
»Nee.«
»Parleh wu franzäh?«
»Nee.«
»Parlando italiano?«
Kopfschütteln.
»Gawaritch poruskie?«
Wieder Kopfschütteln. Der Mann geht weiter.

»Du«, sagt der eine zum andern Polizisten, »haste gemerkt, der spricht vier Sprachen.«
»Und, hat's ihm was genützt?«

DDR

Zwei Volkspolizisten stehen ganz verzweifelt an einer Straßenecke, ringen die Hände. Sie wissen nicht, was sie tun sollen.
Kommt ein Bürger vorbei und fragt, was denn los sei. Der eine Volkspolizist: »Ach, herrjeh, unser Diensthund ist uns weggelaufen! Was sollen wir jetzt bloß tun?«
Der Bürger: »Aber, aber – der Hund findet doch bestimmt allein zur Wache zurück, so ein Tier kennt den Weg!«
Darauf der zweite Volkspolizist: »Jaja, der Hund schon ... «

Ein Mann läuft nachts durch Ostberlin und ruft lauthals immer wieder: »Scheißstaat, Scheißregierung!«
Plötzlich taucht ein Stasi-Offizier auf und verhaftet ihn. Darauf verteidigt sich der Mann: »Ich habe ja gar nicht gesagt, welchen Scheißstaat und welche Scheißregierung ich meine.«
Der Stasi-Offizier denkt kurz nach und lässt den

Mann gehen. Dieser verschwindet, wird aber zwei Minuten später von dem Stasi-Offizier wieder eingeholt und erneut verhaftet.
»Wieso dieses?« fragt der Mann.
Entgegnet der Stasi-Mensch: »Es gibt ja nur einen Scheißstaat und eine Scheißregierung ...«

Einweihung eines Kindergartens durch Walter Ulbricht. Lotte begleitet ihn. Walter stellt fest, dass er sein Redemanuskript vergessen hat.
»Macht nichts«, beruhigt ihn Lotte, »ich flüster dir den Text zu.«
»Liebe Kinder, liebe Erzieher«, beginnt Walter.
»Ich freue mich …«, flüstert Lotte.
»Ich freue mich …«
»… dass wir heute euren schönen Kindergarten«
»Dass wir heute euren schönen Kindergarten.«
»… einweihen können …«
»Einweihen können.«
»Wir haben euch auch Geschenke …«
»Wir haben euch auch Geschenke.«
»… mitgebracht.«
»Mitgebracht.«
»Roller und Autos«, flüstert Lotte.
»Roller und Autos«, sagt Erich.
»Bälle«, flüstert Lotte.
Walter spitzt die Lippen: »Wau wau.«

Ulbricht ist mit Lotte im Auto unterwegs. Es überholt sie ein Wagen mit dem Kennzeichen »GB«.
»Tüchtig, tüchtig«, sagt Ulbricht, »unsere Geheimpolizei ist wieder unterwegs.«
»Nein«, sagt der Fahrer, »das sind die Genossen aus Bulgarien.«
»Bei bulgarischen Genossen steht immer BG dran, hier steht aber GB.«
»Vielleicht ›Gambodscha‹«, meint der Fahrer.
Da meldet sich Frau Lotte: »Alles falsch, das heißt: Gönichreich Bolen.«

Ein Lehrer liest seinen Schülern vor. »… und Gott verteilte unter den Menschen drei Fische.«
Eifrig meldet sich Fritzchen: »Herr Lehrer, es gibt keinen Gott.«
»Nun, das musst du symbolisch sehen, es gibt ja bei uns auch keinen Fisch.«

Ein Kunde verlangt ein paar Herrenschuhe, Größe 44.
»Ham wa nich.«
Dann will er ein paar Damenschuhe, Größe 39.
»Ham wa nich.«
Schließlich will er Kinderschuhe, Größe 22.

»Ham wa nich.«
»Na gut«, sagt er, »werden wir eben den Kapitalismus barfuß überholen.«

Ein Maler in einem volkseigenen Betrieb malt die Losung: »Unser Betrieb produziert nur Ausschuss.«
Dafür erhält er eine Strafe von 3 Monaten, 3 Wochen und 3 Tagen.
3 Tage für die Vergeudung von Material,
3 Wochen für die Verschwendung von Arbeitszeit,
3 Monate für den Verrat von Betriebsgeheimnissen.

»Genossen, es gibt kein Fleisch, wir bekommen keine Lieferung. Wie können wir das den Leuten klarmachen?«
»Nichts leichter als das«, sagt ein anderer Genosse und wendet sich an die schlangestehende Menge: »Bürger, unsere Erfolge nehmen ständig zu. Der Sozialismus entwickelt sich so schnell, dass das Vieh nicht mehr mitkommt.«

Der Lehrer: »Liebe Schüler, wir wollen in unserer Schule den Wilhelm Tell aufführen.«
»Und woher kriegen wir den Apfel?«

Ein Mann im Laden: »Ham Se Nägel?«
»Nee.«
»Ham Se Schrauben?«
»Nee.«
»Ham Se wenigstens 'n Schraubenzieher?«
»Nee.«
»Na was ham Se denn dann überhaupt?«
»Durchgehend geöffnet.«
»Und warum ham Se durchgehend geöffnet, wenn Se doch nischt verkoofen?«
»Weil wir kein Schloss haben.«

Ein Amerikaner hat gelesen, dass in der DDR ein Auto gebaut wird, dessen Lieferfrist alle anderen in der Welt übertrifft. »Das muss ich haben«, beschließt er und bestellt gegen Dollar einen Trabbi. Die Autobauer in der DDR sind stolz und schicken natürlich gleich ein Exemplar über den Ozean. Als das Auto ankommt, staunt der Amerikaner. »Das ist ein Service«, ruft er begeistert, »zehn Jahre Lieferfrist, aber ein Modell aus Pappe schicken sie sofort!«

Eine Katze hat eine Maus gefangen. »Ach, bitte liebe Katze, erfüll mir einen letzten Wunsch, bevor du mich frisst. Lass mich noch einmal tanzen.«
Die Katze ist einverstanden, die Maus tanzt, die Katze sieht ihr zu – und schläft ein. Als sie wieder aufwacht, ist die Maus verschwunden. »Scheiß Volkskunst«, maunzt die Katze.

Frage: Welches ist der wichtigste Buchstabe des Alphabets?
Antwort: Im Prinzip sind alle wichtig, aber unersetzbar ist das »W«, denn sonst hieße es »Arschauer Pakt«, »Alter Ulbricht« und »Affenbrüderschaft«.

Vom Berliner Fernsehturm kann man vier Meere sehen – unten ein Häusermeer, oben das Wolkenmeer, im Westen das Lichtermeer und im Osten gar nichts mehr.

Was ist, wenn der Fernsehtum umfällt?
Dann kann man mit dem Fahrstuhl in den Westen fahren.

In der Redaktion des »Neuen Deutschlands«: »Haben, Sie den Staatsratsvorsitzenden interviewt?« fragt der diensthabende Redakteur einen Journalisten.
»Jawohl.«
»Und was hat er gesagt?«
»Wie immer: nichts.«
»Ausgezeichnet. Diktieren Sie es gleich der Sekretärin, aber nicht mehr als drei Spalten.«

Ein Kunde betritt einen Fleischerladen. »Haben Sie Rouladen?«
»Ham wa nich.«
»Haben Sie Schweineschnitzel?«
»Ham wa nich.«
»Haben Sie Kalbfleisch?«
»Ham wa nich.«
»Haben Sie Bockwurst?«
»Ham wa nich.«
Der Kunde verlässt enttäuscht den Laden.
Sagt der eine Verkäufer zum andern: »Mensch, hat der ein gutes Gedächtnis!«

DDR

Drei Jungs unterhalten sich über ihre Väter.
»Mein Vater ist Pfarrer. Wenn er durchs Dorf geht, reden ihn die Leute mit Hochwürden an.«

Der zweite: »Mein Vater ist Landesbischof. Wenn er durch die Stadt geht, sagen die Leute Seine Heiligkeit.«
Der dritte: »Das ist gar nichts. Mein Vater ist Parteisekretär. Wenn er durch den Betrieb geht, sagen die Arbeiter: Gott o Gott.«

Zwei ehemalige Direktoren begegnen sich in einer Gefängniszelle.
»Wo warst du Direktor?«
»Ich war Zirkusdirektor.«
»Und warum bist du hier?«
»Ich habe im vergangenen Oktober ein Transparent am Zirkus anbringen lassen.«
»Und was stand drauf?«
»35 Jahre DDR – 35 Jahre volkseigener Zirkus. Und du?«
»Ich war Direktor einer Textilfabrik und habe auch ein Transparent anbringen lassen.«
»Und was stand drauf?«
»Jeder zweite Genosse ein Spinner!«

Der Brigadier ruft seine Kollegen zusammen: »Heute muss nach Feierabend die Baustelle aufgeräumt werden. Wer keine Lust hat, vortreten!«

Alle treten vor, bis auf einen.
»Und warum trittst du nicht vor?«
»Keine Lust.«

Der Antrag von Werktätigen auf Einführung der 35-Stunden-Woche wurde durch die Gewerkschaft abgelehnt. Begründung: Dann fehlen unseren Werktätigen 5 Stunden Schlaf.

Auf einer Baustelle. Sagt einer: »32 Grad im Schatten, da kann man überhaupt nicht arbeiten.«
»Blödsinn«, meint ein anderer, »dann stell dich doch nicht in den Schatten!

Frage: Wie erreichen wir, dass alle pünktlich bei der Arbeit sind?
Vorschlag: Der Letzte, der kommt, muss zum Arbeitsbeginn klingeln.

Anfrage an den Sender Jerewan: »Kann die Partei auch irren.«
Antwort: »Im Prinzip ja, aber Sie irrt nie!«
Frage: »Woher wissen Sie das so bestimmt?«
Antwort: »Wir haben die Partei gefragt!«

Eine amerikanische Delegation besucht das Ernst-Thälmann-Werk in Magdeburg.
Vor der Fabrik steht ein großes Auto. Die Amerikaner fragen: »Wem gehört die Fabrik?«
»Nun, den Arbeitern!«
»Und wem gehört das Auto?«
»Nun, dem Direktor.«
»Seltsam, bei uns ist das genau umgekehrt!«

Ulbricht hat Geburtstag. Ein Arbeiter, der gratulieren will, stellt sein Fahrrad am Staatsratsgebäude ab. »Genosse, das geht nicht«, sagt ein Polizist, »gleich kommt die sowjetische Delegation.«
»Das macht nichts, ich habe es ja angeschlossen.«

Genosse Mielke fragt den Wachtposten:
»Genosse, Sie haben so einen stieren Blick.«
»Genosse Generloberst, habe ein künstliches Auge.«
»Welches Material?« fragt Mielke.
»Glas, Genosse Generaloberst.«
»Hätte ich mir ja denken können, sonst könnten Sie ja nicht durchsehen.«

Anfrage an den Sender Jerewan: »Darf ein kleiner Funktionär einen großen kritisieren?« Antwort: »Im Prinzip ja, aber es wäre schade um den kleinen.«

Anfrage an Radio Jerewan: »Soll ich zu einer Tagung in den Westen fahren, obwohl ich die Kosten dafür selber übernehmen muss?«
Antwort: »Im Prinzip ja. Sie müssen ja keine Rückfahrkarte kaufen.«

Warum sind Parteiausschlüsse gefährlich?
Sie drohen die Reihen der Parteilosen zu verwässern.

Warenhaus GUM. Kurz vor Ladenschluss geht das Gerücht um, eine Lieferung Kaffee sei eingetroffen. Die Menge stürmt in den Verkaufskorridor. »Ruhe Bürger, es ist genug für alle da«, beschwichtigt ein Verkäufer. »Lasst uns erst mal auspacken.«
Nach einer halben Stunde kommt der Verkäufer wieder. »Bürger, so groß war die Lieferung doch nicht. Die Bürger jüdischer Nationalität werden gebeten, nach Hause zu gehen.«

Nach einer weiteren halben Stunde erscheint der Verkäufer erneut. »Es reicht nicht für alle. Die Parteilosen können auch nach Hause gehen.«
Es vergeht wieder eine halbe Stunde, dann noch eine. Schließlich guckt der Verkäufer in den Korridor. »Genossen, euch kann ich es ja sagen: Es ist gar keine Lieferung eingetroffen.«
»Verdammt noch mal!« brüllt einer der Wartenden. »Jetzt möchte ich aber mal wissen, warum die Juden immer so bevorzugt werden.«

Reportage: »Meine Hörerinnen und Hörer, ich stehe an der sowjetischen Grenze und erlebe, wie von chinesischer Seite ein friedlicher russischer Mähdrescher beschossen wird. Sie werden sich fragen, was macht der friedliche sowjetische Mähdrescher?
Ja, ich kann es Ihnen sagen, er schießt zurück und fliegt davon.«

Ein Offizier kommt aufgeregt zu Breshnew: »Genosse Generalsekretär. Auf dem Roten Platz sind mindestens hunderttausend Leute!«
»Ja, und? Das sind Touristen.«
»Genosse Generalsekretär, sie sitzen alle auf dem Boden!«

»Sie wollen sich wahrscheinlich ausruhn.«
»Genosse Generalsekretär, sie habe alle ihr Essen ausgepackt!«
»Sie werden Hunger haben, was ist daran so schlimm?«
»Nichts, Genosse Generalsekretär, aber sie essen mit Stäbchen.«

Sowjetisch-chinesischer Krieg: Sowjetische Siegesmeldung am ersten Tag: »100 000 chinesische Kriegsgefangene.«
Sowjetische Siegesmeldung am zweiten Tag: »1 Million chinesische Kriegsgefangene.«
Sowjetische Siegesmeldung am dritten Tag: »10 Millionen chinesische Kriegsgefangene.«
Am vierten Tag trifft ein Telegramm aus Peking ein: »Gebt auf, sonst ergeben wir uns alle!«

Nasser, Napoleon und Kennedy sitzen auf einer Wolke und blicken auf die DDR.
»Ach«, sagt Nasser, »wenn ich all diese Raketen und Panzer gehabt hätte, hätten die Israelis mich sicher nicht besiegt.«
»Und wenn ich solch einen Sicherheitsapparat gehabt hätte«, sagt Kennedy, »wäre ich heute noch am Leben.«

»Und wenn ich solche Presse gehabt hätte«, seufzt Napoleon, »wüsste heute noch keiner, dass ich bei Waterloo verloren habe.«

Ein Amerikaner und ein Russe unterhalten sich. Der Amerikaner gibt an: »Die Einkäufe macht meine Frau mit dem Ford, in die Oper fahren wir mit dem Cadillac, und wenn wir unsere Freunde besuchen, nehmen wir das Flugzeug.«
Daraufhin der Russe: »Die Einkäufe macht meine Frau zu Fuß, in die Oper fahren wir mit dem Traktor, und unsere Freunde besuchen wir mit dem Panzer!«

Anfrage an den Sender Jerewan: »Stimmt es, dass die DDR mit Volldampf zum Sozialismus steuert?«
Antwort: »Im Prinzip ja! Gegenwärtig benötigt sie den meisten Dampf zum Tuten.«

Anfrage an den Sender Jerewan: »Stimmt es, dass auch Flöhe und Wanzen Revolution machen können?«
Antwort: »Im Prinzip ja! Wenn das Blut von Arbeitern und Bauern in ihnen fließt.«

Anfrage an den Sender Jerewan: »Worin besteht der Unterschied zwischen einem Gespenst und sozialistischer Leitungstätigkeit?«
Antwort: »Es gibt keinen, alle reden davon, manche beschreiben es auch, aber gesehen hat es noch niemand.«

Anfrage an den Sender Jerewan: »Kann ein Analphabet Mitglied der Akademie der Künste werden?«
Antwort: »Im Prinzip ja, aber kein korrespondierendes.«

VORWÄRTS
ZU NEUEN
TATEN !

Die 70er Jahre

Erich währt am längsten

Walter Ulbricht ist schon entmachtet, fährt aber noch einmal nach Moskau und besucht Kossygin. Im Gespräch fragt er ihn: »Sag mal, Genosse Kossygin, wo ist eigentlich das Grab von Chruschtschow?« Antwortet Kossygin: »Chruschtschow, Chruschtschow? – Kenn ich nicht!« Wenig später ist Ulbricht bei Podgorny: »Sag mal, wo ist denn das Grab von Chruschtschow?« – »Chruschtschow, Chruschtschow? – Kenn ich nicht!« Ulbricht will zu Breshnew. Der wird von Podgorny telefonisch vorgewarnt: »Der Ulbricht wird dich nach dem Grab von Chruschtschow fragen!« Breshnew ruft deshalb in Berlin bei Erich Honecker an: »Hör mal, Genosse Honecker, hier ist der Ulbricht und fragt alle nach dem Grab von Chruschtschow, was soll denn das?« Antwortet Honecker: »Wer? Ulbricht, Ulbricht ? – Kenn ich nicht!«

Anfrage an den Sender Jerewan: »Ist es wahr, dass sich die Liebe der DDR zur Sowjetunion ständig vertieft?« Antwort: »Ja, sie hat soeben einen Tiefpunkt erreicht.«

1973, Weltfestspiele in Berlin. Das ZK telefoniert mit Petrus und bittet um gutes Wetter. Petrus sagt ab. Also bitten die Genossen den Teufel. Der sagt: »Einverstanden, ich garantiere gutes Wetter, und ihr sorgt dafür, dass ich Walter bekomme.«

Lotte Ulbricht ruft zum wiederholten Mal bei Petrus an, ob Walter endlich im Himmel angekommen sei. »Was wollen Sie«, sagt Petrus, »Ihr Mann hat die Himmelfahrt abgeschafft, zu Fuß dauert es eben länger.«

»Christi Himmelfahrt« wurde 1967 als offizieller Feiertag gestrichen.

Ulbricht kommt in den Himmel. Petrus lässt ihm die Wahl, ob er in den sozialistischen oder in den kapitalistischen Himmel möchte. Ulbricht muss nicht lange überlegen: »Mein ganzes Leben war ich Kommunist, und ich will auch nach meinem Tode meiner Überzeugung treu bleiben – also: sozialistischer Himmel.« Petrus: »Gut, Walter. Aber zum Essen musst du in den kapitalistischen rüberkommen, für einen allein lohnt es nicht, dort zu kochen!«

Die Nachfolge Ulbrichts beschäftigt die Gemüter. Aussichtsreichster Kandidat: Willi Schwabe. Er ist der Einzige, der sich in der Rumpelkammer auskennt.

Honecker fährt nach einem Besuch bei Breshnew zurück zum Flughafen. Plötzlich lässt er den Konvoi anhalten, steigt aus, geht auf den Acker und sammelt ein paar Steine. Er steigt ein, lässt weiterfahren, doch nach wenigen hundert Metern das gleiche Spiel: anhalten, Steine sammeln, einsteigen, weiterfahren. Und so immer weiter. Dem Eskortenführer wird das Spiel allmählich zu dumm. Er meldet die Sache über Funk in die Zentrale. Zwei Minuten später bekommt er den Befehl, den Konvoi sofort umkehren zu lassen. »Warum?« fragt er verblüfft. Antwort der Zentrale: »Honecker wurde versehentlich das Programm für Lunochod eingelegt.«

Frage an den Sender Jerewan: »Darf man über Genossen Kossygin Witze machen?«
Antwort: »Im Prinzip ja. Aber es ist besser, Sie sagen statt Kossygin Johnson, Mao oder Tito.«

Die Jakuten schicken einen alten, weisen Mann nach Moskau, weil sie wissen wollen, wann der Kommunismus kommt. Weil er ein so alter, weitgereister Mann ist, empfängt ihn Breshnew gnädig.
»Genosse Generalsekretär«, sagt der Jakute, »ich möchte gern wissen, wann der Kommunismus kommt.«
»Nun, pass auf«, sagt Breshnew und tritt zum Fenster. »Sieh hinunter. Dort steht mein Taschaika und dort der vom Genossen Kossygin. Und wenn dein Tschaika dazwischensteht, dann haben wir Kommunismus.«
Zufrieden fährt der Jakute zurück.
Wieder in Jakutien, wird er von seinen Landsleuten befragt, wann denn nun der Kommunismus kommt.
»Ganz einfach«, sagt er. »Dort, vor der Tür, stehen meine Bastschuhe. Daneben stehen die meiner Frau. Wenn jetzt in der Mitte die Bastschuhe von Genossen Breshnew stehen, dann haben wir Kommunismus.«

DDR

Ein Reporter der »Prawda« besucht die Tschuktschen-Halbinsel und trifft einen ganz alten Tschuktschen.
»Guten Tag«, sagt der Journalist, »ich komme

von der Prawda. Ich schreibe eine Reportage über das Leben der Tschuktschen. Können Sie mir sagen, wie alt Sie sind?«

»Zweiundneunzig Jahre.«

»Dann haben sie ja die Zeit vor der Revolution noch erlebt. Können Sie unseren Lesern sagen, wie es Ihnen in der Zarenzeit ergangen ist?«

»Wir kannten nur zwei Gefühle«, sagt der alte Tschuktsche, »Hunger und Kälte.«

»Ein griffiges Bild«, lobt der Reporter, »ein sehr griffiges Bild! Vielleicht können Sie mit einem ähnlichen großartigen Bild auch Ihr heutiges Leben beschreiben?«

»Heute«, sagt der alte Tschuktsche, »kennen wir drei Gefühle: Hunger, Kälte und Dankbarkeit.«

Was haben der Leiter einer Kaufhalle und der Kosmonaut Sigmund Jähn gemeinsam?
Beide kennen sich aus im leeren Raum.

Familie Schulze bezieht eine Neubauwohnung. Frau Schulze jubelt entzückt:3 »Sieh mal, Manne, welch schöne Einbauschränke.«

Der Mann von der KWV schüttelt tadelnd den Kopf. »Keine Einbauschränke. Das sind die Kinderzimmer.«

Fragt einer einen Leipziger Volkspolizisten nach dem Kaufhaus Prinzip. »Tut mir leid«, sagt der, »ich kenne nur das Konsument- und das Centrum-Warenhaus.« Er guckt auf dem Stadtplan nach, nichts. »Wie kommen Sie denn darauf, dass es ein solches Kaufhaus gibt?«
»Ach, mein Parteisekretär hat gesagt, im Prinzip gibt es alles.«

Frage: Was ist das? Liegt auf der Treppe und lügt.
Antwort: Das Neue Deutschland.

Warum hing in Fleischerläden immer noch wenigstens eine Wurst am Haken?
Damit niemand nach Fliesen fragt.

»Herr Ober, das soll ein halber Broiler sein?«
»Ja, mein Herr.«
»Dann bringen Sie mir bitte die andere Hälfte!«

Weißt du, warum Zitronen sauer sind?
Sie sind die einzigen Südfrüchte, die in die DDR müssen.

Wo wären die amerikanischen Astronauten gelandet, wenn es den Mond nicht gegeben hätte? Natürlich in der DDR, denn die liegt noch ein Lichtjahr hinter dem Mond.

»Ist das hier richtig?« erkundigt sich der Klempner, »bei Ihnen soll der Wasserhahn defekt sein?«
»Bei uns ist alles in Ordnung«, antwortet die Hausfrau.
»Merkwürdig, wohnt hier nicht Familie Arnold?«
»Arnolds? Das ist ja schon ein halbes Jahr her, dass die ausgezogen sind.«
»Typisch«, entgegnet der Klempner. »Erst die Handwerker bestellen, und dann Hals über Kopf ausziehen.«

Erich Honecker geht spazieren. Er sieht eine Frau, vollbepackt mit Einkaufstaschen. »Na Genossin, haben Sie aber fleißig eingekauft!«
»Das kann man wohl sagen, Genosse Staatsratsvorsitzender. Drei Stunden musste ich dafür anstehen!« – »Aber Genossin! Es gibt Länder, da müssen die Leute für einen Schluck Wasser einen ganzen Tag anstehen!« – »Ja, die sind dann aber sicher schon länger sozialistisch als wir ...«

Die DDR ist der einzige Staat der Welt, der den Mond konsequent für friedliche Zwecke nutzt.
»Für welche friedlichen Zwecke?«
»Für die Straßenbeleuchtung.«

Eine Parteidelegation besucht einen Betrieb. Die Genossen sehen den Arbeitern zu. »Nun, was produzieren wir denn hier?«
Ein Arbeiter antwortet: »Teile von Fahrstühlen.«
»Und welches Teil wird produziert?«
»Das Schild: Außer Betrieb.«

Ein Funktionär der französischen Bruderpartei besucht die DDR, wird von seinen Gastgebern durch Fabriken geführt und erklärt zum Abschied: »Tröstet euch, Genossen – bei uns arbeitet die herrschende Klasse auch nicht!«

Die sowjetische Führung beschließt, ihrem Volk im Fernsehen Striptease zu zeigen. Als es so weit ist, fragt der Chefideologe: »Und, ist die Frau, die sich jetzt Millionen Sowjetbürgern nackt zeigen wird, auch ihrer Aufgabe gewachsen?« – »Aber ja«, sagt Breshnew, »Sie ist eine zuverlässige Genossin und hat ihr Parteibuch seit 1916.«

Internationale Pressekonferenz zum Bau der Baikal-Amur-Magistrale. Der Minister hält eine Rede und erlaubt dann, Fragen zu stellen.
»Wird diese Bahnlinie ein- oder zweigleisig?« fragt ein ausländischer Journalist. Die Frage wird nicht beantwortet. Der hartnäckige Journalist wiederholt die Frage: »Wird die Strecke nun ein- oder zweigleisig?«
Jetzt gibt der Minister ein Zeichen. Ein Ingenieur erhebt sich und sagt: »Der Bau beginnt von zwei Seiten. Treffen sie sich, wird die Bahn eingleisig; treffen sie sich nicht, wird sie zweigleisig!«

DDR

Breshnew besichtigt die Baustelle der BAM und wundert sich, dass dort so viele Matrosen arbeiten. Da raunt ihm sein Sicherheitsoffizier zu: »Genosse Breshnew, Matrosen tragen quergestreifte Hemden!«

Honecker besucht Breshnew. Als Gastgeschenk überreicht er einen Teller aus Meißner Porzellan. Unschlüssig wendet Breshnew den Teller hin und her. »Ist irgendwas nicht in Ordnung?« fragt Honecker.
»Doch, doch«, sagt Breshnew, »ich suche nur die Anstecknadel.«

Erich Honecker ist zu Besuch bei Leonid Breshnew in Moskau. Der schenkt ihm einen Anzug, der wie angegossen passt. Als Honecker den Anzug in Berlin anzieht, sind Ärmel und Hosenbeine zu kurz. »Da kannst du mal sehen«, sagt Margot, »wie klein du dich immer in Moskau machst.«

Honecker, bekannt als passionierter Jäger, wollte einen Rehbock schießen. »Hab ich getroffen?« fragt er den begleitenden Leibwächter. »Genosse Staatsratsvorsitzender geruhten das Tier zu begnadigen.«

Bei einem Moskau-Besuch bemerkt Nixon, dass abends die Straßen menschenleer sind. Er fragt einen Passanten, wie das zu erklären ist. »Ach wissen Sie, Herr Präsident. Vor ein paar Monaten wurde Solschenizyn wegen seines Buches in den Westen abgeschoben. Seitdem sitzen die Leute nach der Arbeit zu Hause – und schreiben, schreiben, schreiben.«

Erich Honecker geht im Hafen von Rostock spazieren. Er sieht drei Schiffe vor Anker liegen.

Er geht zum ersten und fragt einen Matrosen: »Na Genosse, wohin geht die Reise?«
»Wir bringen Düngemittel nach Mosambik und kommen mit einer Ladung Kaffee zurück.«
»Gut Genosse! Weitermachen!«
Beim zweiten Schiff die gleiche Frage: »Na Genosse, wohin geht die Reise?«
»Wir haben Fahrräder geladen, die wir zu Genosse Fidel Castro bringen. Zurück kommen wir mit einer Ladung Bananen!«
»Gut Genosse! Weitermachen!«
Letztendlich beim dritten Schiff: »Na Genosse, wohin geht die Reise?«
»Wir bringen Kaffee und Bananen nach Leningrad!«
»Und womit kommt ihr zurück?«
»Na wie immer – mit der Eisenbahn ...«

Ein russisches Mütterchen beobachtet einen Offizier mit einem Gewehr. »Sag, Söhnchen, warum trägst du ein Gewehr?«
»Das ist kein Gewehr, das ist ein Sportgerät.«
»Ach so«, sagt das Mütterchen, »dann kannst du mir sicher auch sagen, wann die Olympischen Spiele in Afghanistan vorbei sind.«

Breshnew und Carter machen einen Rundflug über New York. »Sehr schöne Stadt«, sagt Breshnew, »aber was sind das da für dunkle Flecken.« – »Ja, das ist unser Problem, das sind unsere Slums.« Ein Jahr später machen beide einen Rundflug über Moskau.
»Sehr schöne Stadt, und so nette Leute«, sagt Carter, »sie schauen uns aus Ferngläsern hinterher.« – »Ach«, sagt Breshnew, »und das ist unser Problem. Das sind keine Ferngläser, sondern Wodkaflaschen.«

DDR

Ein ausländischer Journalist fragt einen DDR-Kollegen: »Wie sind jetzt die Beziehungen der DDR zur Sowjetunion?«
»Ach sehr gut. Wir liefern den Russen Getreide, und die nehmen uns dafür unseren Zucker ab.«

Ein Mann betritt einen Gemüseladen und verlangt drei Ananas.
»Na hörn Se ma, Sie wissen wohl nicht, wo Sie hier sind!« sagt die Verkäuferin.
»Doch, weiß ich ganz genau. Ich war zwei Wochen auf der MS Arkona. Da gabs alles!«
»Na und, hier sind Se nich auf der Arkona, sondern auf der Titanic!«

Breshnew will sich mit dem südlichen Nachbarn aussöhnen. In einem Spitzengespräch verspricht er, die Wirtschaftslieferungen nach China auszuweiten. Man solle die Wünsche nur nennen. Der chinesische Kollege zählt auf:
»10 000 Lastkraftwagen, 300 000 Fahrräder, 500 000 Staubsauger und 1 Million Doppelzentner Reis …« Da unterbricht Breshnew: »Reis ist gestrichen. Der wächst in der DDR nicht.«

Der eine Genosse zum andern: »Zum 60. Jahrestag der Oktoberrevolution ist eine neue Illustrierte Geschichte der KPdSU erschienen.«
»Illustriert sogar?«
»Ja, mit Radierungen von Breshnew.«

Drei Experten unterhalten sich über die Möglichkeit des Landens auf der Sonne. Der USA-Wissenschaftler: »Wir werden erst in etwa 15 Jahren dazu in der Lage sein.« Der Sowjetbürger: »Wir arbeiten intensiv an der Raumstation, die in etwa 3 Jahren startet.« Der Vertreter der DDR: »Wir starten in einer Woche.«
»Und wie haben Sie das Problem der hohen Temperaturen auf der Sonnenoberfläche gelöst?«
»Ganz einfach, wir landen nachts.«

Stalin fährt mit der Transsib. Als sie ihm zu langsam fährt, gibt er Befehl, den Maschinisten und alle Verantwortlichen zu erschießen.
Chruschtschow fährt mit der Transsib. Als er merkt, wie gering die Geschwindigkeit ist, gibt er Befehl, den Maschinisten, alle Verantwortlichen und das ganze Personal mit den höchsten Orden auszuzeichnen.
Breshnew fährt mit der Transsib. Als er merkt, dass der Zug sich nicht vom Fleck rührt, sagt er: »Lasst uns die Fenster verdunkeln! Stellen wir uns vor, wir fahren mit Höchstgeschwindigkeit!«

Bei einer internationalen Konferenz unterhalten sich drei Ingenieure über den Tunnelbau in ihren Ländern. Ein amerikanischer Tunnelbauer berichtet: »Es wird von beiden Seiten des Berges gebohrt. Wir treffen uns in der Mitte mit einer Abweichung von einem Meter. Diese Ecke sprengen wir weg und basta.«
Ein russischer Tunnelbauer berichtet: »Wir machen das genauso, aber die Abweichung beträgt nur zehn Zentimeter. Diese Ecke hacken wir ab und basta.«
Da meldet sich der Tunnelbauer aus der DDR zu Wort: »Wir machen es auch so, und wenn Gott will, ist die Abweichung gleich null.«

»Und wenn Gott nicht will?« fragt ein Zuhörer.
»Nun, dann haben wir zwei Tunnel.«

Warum war es dem DDR-Bürger verboten, zusammen mit einem Bürger aus der BRD Alkohol zu trinken?
Weil sonst beide die gleiche Fahne gehabt hätten.

Ein Genosse hat sich vor der SED-Parteikontrollkommission zu verantworten. Schließlich unterbricht der Genosse Vorsitzende seinen Redeschwall ungeduldig: »Aber Genosse, was du hier vorbringst ist doch nur Agitation. Hast du denn keine eigene Meinung?«
»Doch, Genosse Vorsitzender! Aber ich distanziere mich von ihr!«

Hermann Axen, Honeckers engster Mitarbeiter, besucht eine landwirtschaftliche Produktionsgenossenschaft. Die Presseleute haben ein paar Fotos gemacht, die Axen inmitten einer Herde Schweine zeigen. Nunmehr entsteht in der Redaktion des »Neuen Deutschland« ein Streit

über den Text der Bildunterschrift. Der erste Redakteur schlägt vor: »Axen unter Schweinen.« Der zweite Redakteur: »Das geht nicht. Besser ist: Axen inmitten von Schweinen.«
Darauf der dritte Redakteur: »Um Gottes willen, das gibt Probleme mit der Zensur. Ich schlage vor: Vierter von links: Hermann Axen.«

Ein Genosse fällt in den Fluss und ist dem Ertrinken nah. Auf seinen Hilferuf eilt ein Mann herbei. Er fragt: »Welche Note hattest du in Russisch?«
»Sehr gut!«
»Welche Note hattest du in Marxismus-Leninismus?«
»Herrgott, auch sehr gut, aber nun holen Sie mich doch bitte hier raus!«
»Siehst du, hättest du lieber Schwimmen gelernt.«

DDR

Beschwert sich ein Löwe im Berliner Tierpark beim Wärter, warum er immer nur Äpfel und ab und zu mal eine Banane zu fressen bekommt. Der Löwe im Nebenkäfig erhält jeden Tag Fleisch. Der Wärter verspricht, sich beim Tierparkdirektor zu erkundigen. Als er zurückkommt, sagt er zum Löwen: »Das hat schon seine Richtigkeit. Du sitzt auf der Planstelle eines Affen.«

Zwei Trabis sind zusammengestoßen: dreizehn Todesopfer!
Die beiden Fahrer starben auf der Stelle, elf weitere Bürger kamen beim Kampf um die Ersatzteile ums Leben.

Ein Esel und ein Trabant treffen sich.
»Guten Tag, Auto«, sagt der Esel.
»Guten Tag, Pferd«, sagt der Trabant.
»Nanu!« staunt der Esel, »warum sagst du Pferd zu mir?«
»Du sagst ja auch Auto zu mir.«

DDR

Zwei Cousins, der eine aus Köln, der andere aus Rostock, haben sich getroffen. Zum Abschied sagt der Kölner: »Du könntest mir schreiben, wie es dir geht und wie bei euch so die Lage ist.«
»Das wird schwer sein«, meint der Rostocker, »bei uns geht die Post durch die Zensur.«
»Das macht nichts«, sagt der Kölner, »wenn alles in Ordnung ist, schreibst du mit schwarzer Tinte,

wenn es Probleme gibt, schreibst du dasselbe in Grün.«
Wochen später erhält der Kölner einen Brief, mit schwarzer Tinte geschrieben. »Hier ist alles wunderbar. Unserem Land geht es immer besser. Die Menschen sind glücklich, und man kann kaufen, was man will. Butter, Eier, Apfelsinen, Rinderfilet – nur leider keine grüne Tinte.«

Bei einem Internationalen Leichtathletik-Sportfest wirft ein amerikanischer Hüne den Hammer 84,23 Meter weit.
Weltrekord! Die Reporter umringen den Mann und fragen ihn: »Sagen Sie, worauf führen Sie diesen Erfolg zurück?«
»Auf mein College. Dort bin ich ausgebildet und trainiert worden. Ich liebe mein College und schenke ihm diesen Sieg.«
Der russische Konkurrent wirft seinen Hammer 85,26 Meter weit. Weltrekord! Wieder sind die Reporter da und fragen: »Wie haben Sie das geschafft?«
»Ich liebe die siegreiche Sowjetunion«, sagt der Russe. »Ich habe nur an mein Land gedacht. Ihm verdanke ich alles.«
Es tritt ein Sportler aus der DDR an, der schleudert seinen Hammer 87 Meter weit. Neuer

Weltrekord! Wieder eilen die Reporter herbei und sagen: »Weltrekord! Worauf führen sie das zurück?«
»Auf meinen Vater«, sagt der Sieger.
»Wieso auf Ihren Vater?«
»Als ich noch ganz klein war, hat mein Vater zu mir gesagt: ›Wenn dir jemals einer einen Hammer in die Hand drückt, mein Junge, wirf ihn soweit weg wie möglich.‹«

Was ist Kommunismus?
Wenn jeder von allem genug hat.

Im Kapitalismus bekommt man für Geld alles. Im Sozialismus bekommt man alles, was man für Geld nicht bekommt.

Was ist der Unterschied zwischen dem Sozialismus und einem VEB?
Im VEB sind die Fluchtwege gekennzeichnet.

Was ist Emigration?
Der friedliche Übergang vom Sozialismus zum Kapitalismus.

Honecker fährt mit seinem Chauffeur auf der Landstraße. Plötzlich überfahren sie ein Huhn. Honecker will sich bei den Leuten, denen das Huhn gehört, entschuldigen. Mit einem blauen Auge kommt er wieder zurück.
Die beiden fahren weiter. Da überfahren sie ein Schaf. Wieder macht sich Honecker auf den Weg, um sich bei dem Besitzer des Schafes zu entschuldigen. Mit einer blutenden Nase kommt er zurück.
Sie fahren weiter. Unglücklicherweise überfahren sie jetzt auch noch ein Schwein. Honecker sagt zu seinem Chauffeur: »Jetzt gehst aber bitte du! Für heute habe ich genug.«
Der Chauffeur macht sich auf zum Haus der Leute, denen das Schwein gehört. Es vergehen drei Stunden. Honecker beginnt schon, sich Sorgen zu machen, der Chauffeur müsste doch längst zurück sein. Und in diesem Moment kommt der Chauffeur zurück, über und über mit Geschenken und Blumen beladen. Honecker fragt ihn erstaunt: »Was hast du den Leuten erzählt?«
Er antwortet: »Ich bin der Chauffeur von Honecker und habe das Schwein überfahren.«

DDR

Erich Honecker fragt einen Amerikaner, wie er die Neubauviertel findet. Der meint: »Ach, das ist alles nicht perfekt. Es fängt schon bei den Fahrstühlen an. Die Knöpfe sind so hoch angebracht – wenn ein Liliputaner in einem solchen Haus wohnt, kann er den Fahrstuhl nicht benutzen.«
»Nicht doch«, sagt Honecker, »Wir haben die größten Liliputaner der Welt.«

Ein Genosse kommt in die Hölle und trifft auf einen anderen. »Ach«, sagt der, »hier ist es ganz gemütlich, seit der Sozialismus Einzug gehalten hat. Heute gibt's kein Pech, morgen keinen Schwefel und übermorgen kein Holz und keine Kohlen oder es fehlen die Streichhölzer. Und wenn mal alles da ist, muss ausgerechnet der Heizer auf Parteischulung.«

Ein Amerikaner, ein Franzose und ein DDR-Bürger unterhalten sich, was ihr tollstes Erlebnis war. Der Amerikaner sagt, sein tollstes Erlebnis war ein Multi-Millionen-Dollar Geschäft.
Der Franzose sagt, sein tollstes Erlebnis war eine Nacht mit einer Schönheitskönigin.
Da sagt der DDR-Bürger, sein tollstes Erlebnis

war, als morgens um fünf die Stasi bei ihm klingelte und fragte, ob er Herr Müller sei und er antworten konnte: Nein, der wohnt ein Stockwerk höher.

Stricknadel zur Nähnadel: »Du, soll ich dir mal 'n politischen Witz erzählen?«
»Pssst! Da kommt 'ne Sicherheitsnadel!«

Liebe West-Oma, hab Dank für Dein Paket. Die Pistole ist gut angekommen, ich habe sie sofort im Garten vergraben, auch die Munition …
Zwei Wochen später.
Liebe West-Oma, so, jetzt kannst du die Tulpenzwiebeln schicken, die Stasi hat mir zweimal den ganzen Garten umgegraben …

Einem Mann ist der Papagei entflogen. Der Besitzer läuft sofort zur Stasi: »Ich möchte Ihnen nur mitteilen, dass ich die politischen Ansichten meines Papageis nicht teile!«

Ein Mann fährt Straßenbahn und liest eine Partitur. Plötzlich wird er festgenommen und

zum Verhör gebracht. »Erklären Sie uns, was das für eine Geheimschrift ist!«
»Das ist keine Geheimschrift, das sind Noten.«
»Und die können Sie lesen?«
»Ja.«
»Und was steht da drin?«
»Wie soll ich das sagen, es sind Noten!«
»Und wer hat sie geschrieben?«
»Wagner, Richard Wagner hat sie geschrieben.«
»Den haben wir schon vernommen, der hat gestanden.«

»Warum setzen Sie den Kellner nicht an die Luft?« fragt ein Gast den Geschäftsführer eines Restaurants. »Jeder weiß doch, dass er für die Stasi spioniert!«
»Warum sollte ich«, erwiderte der Restaurantleiter, »der nächste Spitzel ist möglicherweise kein so guter Kellner!«

Verhör bei der Stasi: »Genosse – Sie waren jetzt drei Wochen nicht mehr zur Parteiversammlung.«
Genosse: »Ja ... ich hatte viel zu tun.«
Stasi: »Aber Sie sind letzten Sonntag in der Kirche gesehen worden.«

Genosse: »Hmm, ja, da musste ich ...«
Stasi: »Und Sie wurden auch gesehen, als sie Geld in den Klingelbeutel getan haben. Aber Ihren letzten Parteibeitrag haben Sie noch nicht bezahlt.«
Genosse: »Naja, den bezahle ich natürlich noch.«
Stasi: »Und was noch schlimmer ist: Sie wurden auch gesehen, als Sie vor Jesus knieten und ihm die Füße küssten. Sagen Sie, würden Sie das mit unserem ehrenwerten Staatsratsvorsitzenden Erich Honecker auch machen?«
Genosse: »Naja … also wenn er da so hängen würde ...«

»Was macht eigentlich dein Mann?«
»Keine Ahnung.«
»Musst du doch wissen. Wenigstens, was er bekommt!«
»Weiß ich wirklich nicht.«
»Wo ist er denn?«
»Bei der Stasi.«
»Da muss er doch ne Menge bekommen!«
»Weiß ich nicht. Sie haben ihn gestern erst abgeholt.«

Ein Volkspolizist ist nach Bautzen versetzt worden und soll politische Gefangene bewachen. »Denken Sie denn, dass Sie das können?« fragt der Gefängnisdirektor.
»Und ob, wer nicht spurt, fliegt raus!«

Ein Polizist steht auf der Straße und hat einen weißen und einen schwarzen Stiefel an. Kommt eine Funkstreife und hält an. »Genosse«, sagt der Fahrer, »du hast einen weißen und einen schwarzen Stiefel an. Geh nach Hause und kleide dich richtig.«
»Wie denn«, sagt der Polizist, »da stehn auch bloß ein weißer und ein schwarzer Stiefel.«

DDR

Ein Angler angelt an einem See, wo Angeln verboten ist. Ein Polizist stellt ihn zur Rede. »Ich bade bloß meinen Regenwurm«, erwidert der Angler und hebt die Rute.
Der Polizist triumphiert: »Aber zahlen müssen sie trotzdem. Der Wurm hat nichts an!«

Anfrage an den Sender Jerewan: »Kann man einen Polizisten als vermisst melden?« Antwort: »Im Prinzip ja, aber es vermisst ihn keiner.«

Ein Hase kommt in einen Gemüseladen und fragt: »Hattu Möhrn?«
Darauf der Verkäufer: »Neee!«
Der Hase geht und kommt einen Tag später wieder. Dieselbe Frage: »Hattu Möhrn?«
Und der Verkäufer wieder: »Neeee! Und lass dich hier nicht noch einmal blicken, sonst hänge ich dich an deinen Ohren auf!«
Der Hase geht und kommt einen Tag später wieder. Dasselbe Spiel: »Hattu Möhrn?«
Der Verkäufer packt den Hasen und hängt ihn direkt neben das Bild von Erich Honecker.
Der Hase dreht sich zu Honecker: »Hattu auch nach Möhrn gefracht?«

Honecker will bei den Bürgern erkunden, wie beliebt er denn nun ist. Er besucht also eine Hochhaussiedlung und klingelt an einer Tür.
Ein kleines Mädchen öffnet: »Wer bist du denn, Onkel?«
»Ich, meine Kleine, bin der Mann, der dafür sorgt, dass es euch gut geht. Ich sorge für Essen und Wohnung ...«
»Mami, Mami, komm ganz schnell! Onkel Peter aus München ist da!«

Honecker will mal sehen, wie es im Westen ist. Er verkleidet sich als Oma, geht zum Bahnhof Friedrichstraße, passiert die Passkontrolle und geht auf den Bahnsteig. Da rempelt ihn eine alte Frau an. »Hey, Honnie. Was machst du denn hier?«
»Psst«, macht Honecker. »Wie haben Sie mich erkannt?«
»Aber Honnie«, sagt die alte Frau, »erkennst du mich nicht? Ich bin doch die Mielke-Oma.«

Erich läuft über den Alexanderplatz und sieht einen kleinen Jungen bitterlich weinen.
Erich: »Was hast du denn, mein Junge?«
Der Junge: »Ach Erich, ich bin aufs Knie gefallen und habe mir meine Hose kaputtgemacht«.
Darauf Erich: »Komm wir gehen rüber ins Centrum Warenhaus und ich kaufe dir eine neue Hose, wenn du mir versprichst, mit achtzehn Jahren in die SED einzutreten.«
Darauf der Junge: »Aber Erich, ich bin aufs Knie gefallen, nicht aufn Kopf.«

Rostocker Hafen. Ein Mann beobachtet die einlaufenden Schiffe. Ein Wachoffizier spricht ihn an. »Was machen Sie hier?«

»Ich warte, um zu sehen, wie die sowjetischen Schiffe voll mit Weizen beladen bei uns eintreffen.«
Der Offizier: »Dann gucken Sie nicht so viel aufs Meer, gucken Sie in die Zeitung!«

Die Lehrerin fragt, was ein Trauerfall ist.
Der erste Schüler: »Wenn ich mein Portemonnaie verliere!«
»Nein«, sagt die Lehrerin. »Das nennt man einen Verlust.«
Der zweite Schüler: »Wenn der Sturm das Dach unseres Hauses beschädigt.«
»Auch nicht richtig, das nennt man einen Schaden.«
Der dritte meldet sich: »Ein Trauerfall ist, wenn Erich Honecker stirbt.«
»Jawohl, richtig«, sagt die Lehrerin, »das ist ein Trauerfall und kein Verlust und kein Schaden.«

Begegnen sich zwei Schneeflocken im Fluge.
»Komm«, sagt die eine zur andern. »Fliegen wir in die DDR und machen ein bisschen Panik.«

Ein ausländischer Besucher fragt. »Wie ist denn das Verhältnis zwischen Arbeitern und Betriebsleitung bei euch?«
»Gut, die oben tun so, als ob sie uns bezahlen, und wir tun so, als ob wir arbeiten.«

Kommt ein Mann in den Laden: »Bitte eine Rolle Klopapier.«
»Ham wa nich. Fragen Sie morgen noch mal nach!«
»Tut mir leid«, sagt der Kunde, »so lange kann ich nicht warten.«

Drei Arten Aal gibt es in der DDR: Grün, geräuchert und schwarz.

Der Parteichef von Suhl berichtet im Dezember im Politbüro, dass es in seinem Bezirk keine Kohlen mehr gibt.
»Und was macht die Bevölkerung da?« erkundigt sich Honecker.
»Sie friert.«
»Es ist doch bewundernswert«, sagt Honecker, »wie unsere Menschen sich immer wieder zu helfen wissen.«

Honecker darf als Rentner nicht rüberfahren, da er Geheimnisträger ist.
Das Geheimnis ist Kaffeemix.

Der Saporoshez hat auf der Messe gleich zwei Preise bekommen.
Als formschönster Traktor und leisester Panzer.

Honecker will Volkes Stimme hören, geht in eine Berliner Kneipe, stellt sich an den Tresen und bestellt ein Bier. Dann fragt er den Mann neben sich, was er so von Honecker hielte. Der Mann sagt: »Pst!« und blickt sich ängstlich um. Er flüstert: »Warum fragst du mich so was?«
»Es interessiert mich«, antwortet Honecker.
»Warum sollte ich dir das sagen?«
»Ich spendiere dir auch dein Bier, wenn du mir offen deine Meinung sagst.«
»Für ein Bier?« Der Mann tippt sich an die Schläfe.
»Ich geb dir einen Hunderter.« Erich holt einen Hundert-Mark-Schein heraus.
»Aber nicht hier vor allen Leuten«, flüstert der andere, »ich bin doch nicht lebensmüde.«
»Dann lass uns rausgehen, ja?« sagt Erich. Der Mann schnappt sich blitzschnell den Hunderter

und steckt ihn in die Tasche. Aber auch auf der Straße will er nichts sagen, sondern zieht Honecker in eine stille Seitenstraße, dann in einen Hausflur, auf einen menschenleeren Hof, und die ganze Zeit blickt er sich unaufhörlich um. Schließlich beugt er sich vor und flüstert Honecker ins Ohr: »Okay, ich sag's dir, hier kann uns ja niemand hören – eigentlich finde ich ihn gar nicht so schlimm.«

Was ist dort, wo ein Genosse ist?
Ein Weg.
Was ist dort, wo zwei Genossen sind?
Eine Straße.
Was ist dort, wo viele Genossen sind?
Der Intershop.

Günter Mittag auf der Frühjahrssitzung des Zentralkomitees: »Genossen, ich habe eine erfreuliche Mitteilung für euch, ab 1. Mai wird der Lebensstandard in der DDR um fünfzig Prozent steigen.«
»Um fünfzig Prozent, meinst du das im Ernst?«
»Ja, bis jetzt hatten wir unter Kälte und Versorgungsschwierigkeiten zu leiden, von Mai an nur noch unter Versorgungsschwierigkeiten.«

Unterhalten sich ein Amerikaner, ein Russe und ein DDR-Bürger darüber, wer wohl die größten Wälder habe.
Der Amerikaner prahlt: »Bei uns in Amerika gibt es Wälder, wenn man da morgens reingeht, kommt man vor dem Abend nicht wieder raus!«
Darauf der Russe: »Wenn du bei uns in Sibirien in den Wald gehst, kommst du erst nach einer Woche am anderen Ende heraus!«
»Alles Kinderkram!« erwidert der Ostdeutsche. »Bei uns sind die Russen 1945 in die Wälder rein – und haben bis heute nicht wieder rausgefunden!«

Initiative der Partei zur Werbung neuer Mitglieder: Wer einen neuen Genossen wirbt, bekommt eine Buchprämie, wer zwei wirbt, braucht ein Jahr lang keinen Parteibeitrag zu zahlen, wer fünf neue Genossen wirbt, darf aus der Partei austreten, und wer zehn wirbt, bekommt eine Bescheinigung, dass er nie in der Partei war.

DDR

Sowjetischen Wissenschaftlern ist es gelungen, Tote zum Leben zu erwecken. Sofort wird Lenin aus dem Mausoleum geholt und zum Leben erweckt. Kaum erwacht, verfügt Lenin, ihm alle Akten und Dokumente in sein Arbeitszimmer im Kreml zu bringen und nicht zu stören. Zwei Wochen vergehen, Lenin ist immer noch in seinem Arbeitszimmer. Schließlich sieht man nach. Lenin ist verschwunden. Ein Zettel liegt auf seinem Platz: »Genossen, bin in der Schweiz, wir müssen noch einmal von vorn anfangen!«

Zwei Männer ziehen die Straße entlang, der eine gräbt ein Loch, der andere buddelt es wieder zu. »Was machen Sie denn da?« fragt ein verwunderter Passant.
»Wir sind vom Gartenamt und pflanzen Bäume.«
»Ich seh nur, dass der erste ein Loch gräbt und der zweite es zuschüttet.«
»Falsch, der dritte schüttet es zu. Der zweite, der die Bäume setzt, ist krank.«

EIN IMPORTAUTOR!!!

Die 80er Jahre

Lieber die Welt anschauen als eine Weltanschauung haben

Breshnew erröffnet die Olympischen Spiele in Moskau. Er liest vom Blatt ab. »Oh, Oh, Oh …« »Aber Genosse Generalsekretär«, sagt sein Berater, »das sind doch die Olympischen Ringe!«

Nach den Olympischen Spielen, Telegramm von Breshnew an Honecker: Glückwunsch zum 1. Platz in der Länderwertung – Stopp – zu den Goldmedaillen – Stopp – im Fußball – Stopp – im Volleyball – Stopp – im Handball – Stopp – Erdöl Stopp Breshnew

Worin unterscheiden sich Wilhelm Pieck, Walter Ulbricht und Erich Honecker?
In ihrer Genügsamkeit.
Wilhelm Pieck wollte den Sozialismus noch für die ganze DDR, Walter Ulbricht beschränkte sich auf Berlin, Erich Honecker hat versucht, ihn wenigstens in Wandlitz umzusetzen.

Gott ruft die Staatsführer zu sich und eröffnet, dass am 30. Mai der Weltuntergang sei.
»Ich werde Kaviar und Krimsekt an mein Volk verteilen lassen«, sagt Breshnew.
»Und ich werde Steaks und Whisky an mein Volk verteilen lassen«, sagt Reagan.
»Und ich«, sagt Honecker, »werde den 30. Mai rausarbeiten lassen.«

Das Zentralkomitee diskutiert darüber, ob das Standbild Friedrichs II. wieder aufgestellt werden soll. »Ich bin dagegen«, sagt der Kulturminister, »seine historische Rolle ist umstritten. Er hat zwar in Preußen die Kartoffel anpflanzen lassen...«
»Genau«, unterbricht ihn der Minister für Versorgung, »und deswegen hab ich die Kartoffellieferung einstellen lassen, bis dieser Punkt geklärt ist.«

Ein Spatz überfliegt die DDR. »Prima Land«, zwitschert er, »überall der Wurm drin.«

Anfang der achtziger Jahre berät das Politbüro über die Einführung eines neuen Staatswappens,

das dem fortgeschrittenen realen Sozialismus angepasst sein soll. Günter Mittag schlägt als Symbolfigur ein Känguru vor. »Es macht auch mit leerem Beutel große Sprünge!«
Erich Mielke besteht auf einem U-Boot. »Das ist überall, aber man sieht es nicht!«
Joachim Herrmann fordert ein Nilpferd. »Es steht bis zum Hals im Wasser und hat dennoch ein großes Maul.«
Erich Honecker bringt es auf den Punkt: »Peperoni. Rot, klein, aber scharf!«

Breshnew und Honecker unterhalten sich über die Probleme der Warenverteilung.
Breshnew sagt: »Die Verteilung der Waren erfolgt bei uns nach streng wissenschaftlichen Grundsätzen der Planwirtschaft: Zum Beispiel Gebiet Moskau 14 Prozent, Gebiet Leningrad 13 Prozent, Ural 10 Prozent usw.«
»Das ist bei uns einfacher«, antwortet Honecker, »wir schaffen alles nach Berlin, und von dort holt sich's jeder ab.«

DDR

Beim Bau der Erdgastrasse in der Sowjetunion finden ein FDJler und ein Komsomolze einen Goldklumpen. »Du«, sagt der Komsomolze, »das

verraten wir niemandem. Wir teilen uns das Gold brüderlich.«
»Nee, nee«, sagt der FDJler, »halbe-halbe.«

»Welches ist der größte Strom der Erde?« fragt der Geografielehrer.
»Das ist die Elbe«, sagt Fritzchen.
»Wie kommst du darauf?« wundert sich der Lehrer.
»Meine Großeltern haben gesagt, sie brauchen 60 oder 65 Jahre, um an das andere Ufer zu gelangen.«

Warum gibt es auf unseren Straßen so viele Schlaglöcher?
Wir haben noch keinen Grund gefunden, sie zu exportieren.

DDR

Lieber schlankweg in den Westen als dicke da im Osten.

Lieber rückwärts in den Intershop als vorwärts zum X. Parteitag.

Lieber Aids als überhaupt keine Westkontakte.

Lieber zu Honecker gestanden als bei Mielke gesessen.

Lieber ’ne Tante im Westen als ’nen Onkel im Politbüro.

Lieber kariert in Schottland als gestreift in Bautzen.

Lieber im Westen Trübsal blasen als im Osten flöten gehn.

Ein Professor steht mit einem leeren Netz in der Hand vor der HO-Kaufhalle und sinniert: »War ich nun schon drinnen – oder nicht?«

Was ist vollendeter Sozialismus?
Wenn der SED-Parteisekretär den Pfarrer fragt, ob er ihn am Sonntag trauen kann, der jedoch antwortet: »Am Sonntag hab ich keine Zeit, da muss ich zur Kampfgruppen-Übung.«

Ein DDR-Inlandsflug wurde nach Köln-Bonn entführt. Das Flugzeug steht jetzt von der GSG 9 bewacht auf dem Rollfeld. Das ZK berät seit zwei Stunden, wie verfahren werden soll. Einer schlägt endlich vor, den Kidnapper zu fragen, welche Forderungen er stellt. Der Kidnapper, ein Familienvater von zwei Kindern stellt drei Forderungen: Erstens – er möchte endlich seinen Trabant abholen, für den er schon 14 Jahre angemeldet ist. Zweitens – er möchte eine Drei-Zimmer-Wohnung für seine Familie. Drittens – er möchte dieses Jahr einen Ferienplatz an der Ostsee. Der Unterhändler teilt dem ZK die Wünsche mit. Man berät wieder mehrere Stunden, ob man den Forderungen nachgeben soll. Mielke warnt, dass das Schule machen könnte, also besser nicht nachgeben. Irgendjemand meint, man solle zunächst noch in Erfahrung bringen, womit der Kidnapper droht, wenn man nicht auf seine Forderungen eingeht. Der Unterhändler wird wieder zum Flughafen Köln-Bonn geschickt. Die Antwort des Kidnappers lautet: »Dann lasse ich stündlich zwei Geiseln frei.«

Gibt es einen Unterschied zwischen einer Neutronenbombe und Kaffeemix?
Ja, gegen die Neutronenbombe können Sie protestieren!

Ein treues SED-Parteimitglied kehrt von einer Dienstreise aus der Bundesrepublik zurück. Sein Vorsitzender begrüßt ihn: »Na Genosse, haben Sie den faulenden und sterbenden Kapitalismus gesehen?«
»Ja.«
»Und was halten Sie davon?«
»Ein schöner Tod ...«

DDR

Honecker zeigt, als ihn seine Schwester aus dem Saarland besucht, was er so alles besitzt: Citröen, Villa mit großem Grundstück, Jagdgebiet. Sie aber schüttelt nur sorgenvoll den Kopf und fragt: »Und du hast gar keine Angst, dass dir die Kommunisten das alles mal eines Tages wegnehmen?«

Die Tiere des Waldes wählen einen neuen Parteisekretär.
Die Ziege? – Nein, die meckert zuviel.
Die Schnecke? – Nein, die ist zu bürgerlich. Hat ein eigenes Haus.
Der Fuchs? – Nein, auch zu bürgerlich. Trägt ständig einen Pelz.
Der Elefant? – Nein, lebt auf zu großem Fuß.
Der Hase? – Nein, ist zu ängstlich.

Die Schlange? – Nein, die kriecht immer.
Der Storch! – Ja, na klar, der Storch! Der steht auf roten Beinen, kann mächtig gut klappern und kommt auch jedes Mal aus dem Westen wieder.

Auf dem Parteitag erblickt Honecker im Präsidium ein unbekanntes Gesicht. Aufgeregt winkt er Mielke ran. »Du, da sitzt einer, den kenne ich nicht!«
»Ich auch nicht«, sagt Mielke, »aber Moment, ich kläre das.«
Nach einer Weile kommt Mielke zurück: »Ist alles in Ordnung, wir haben es überprüft. Der Mann hat seinen Platz über Genex bezahlt.«

Fragt ein Reporter: »Wie ist Ihre Meinung zum neuen Parteitagskurs?«
»Find ich richtig.«
»Was sagen Sie zum Schriftstellerkongress?«
»Richtig, alles richtig.«
»Haben Sie denn keine eigene Meinung?«
»Gegen die kämpfe ich gerade an.«

Bei Hombachs klingelt es an der Wohnungstür. Herr Hombach öffnet. Ein Dame von der

Wohnparteigruppe steht vor der Tür. »Herr Hombach, wie stehen Sie zur Neutronenbombe?«
»Oh«, sagt Herr Homach, »da muss ich erst meine Frau fragen.«
Er kommt zurück: »Ist gut, wir nehmen eine.«

Das neue Parteistatut kennt nur noch zwei Paragraphen.
§ 1: Die Partei hat immer recht.
§ 2: In allen anderen Fällen tritt Paragraph 1 in Kraft.

Was bedeuten die Verkehrsschilder 80, 60, 30?
Auf einen Kilometer 80 Schlaglöcher, 60 cm breit, 30 cm tief.

Zwei Polizisten finden ein Toten. »Du, wir müssen ein Protokoll aufnehmen!« sagt der eine zum anderen. »Ich fange schon mal an, und du siehst nach, wo wir uns überhaupt befinden.«
Nach einigen Minuten kehrt der andere zurück.
»Alles klar, wir sind auf dem Weg mit dem Natoraketenbeschluss!«

Zwei Volkspolizisten haben sich für eine höhere Laufbahn beworben. Dazu müssen sie allerdings eine mündliche Prüfung bestehen. Nun sitzen sie zitternd vor dem Prüfungsraum.
Der erste wird hereingerufen. Ein paar Minuten später kommt er wieder heraus und sagt: »Es gab nur eine einzige Frage: Wie heißt unserer Staatsratsvorsitzender?«
Darauf sagt der andere Volkspolizist: »O je, und so was Schweres wusstest du?«
»Klar, der heißt Honecker.«
»Wie war das?«
»HON - EC - KER!« buchstabiert der erste.
»Momentchen, das schreibe ich mir unter meinen Schuh!« sagt der andere und kritzelt »Honecker« auf die Schuhsohle.
Kurze Zeit später, in der Prüfung, wird ihm tatsächlich diese Frage gestellt. Versteckt schaut er auf seine Schuhsohle und verkündet stolz die Antwort: »Salamander!«

Zwei Volkspolizisten wollen zur Wasserschutz-Polizei versetzt werden. Ihr Vorgesetzter gibt zu bedenken: »Genossen, die stellen hohe Anforderungen, ihr müsst eine schwierige Aufnahmeprüfung bestehen.«
»Das werden wir schon schaffen«, sagen die

beiden und bewerben sich. Die Prüfungskommission stellt ihnen die Frage: »Was passiert mit Wasser, wenn man es auf hundert Grad erhitzt?«
Die Kandidaten schütteln die Köpfe, schweigen.
»Na gut, dann eine zweite Frage: Was passiert mit Wasser unter null Grad?«
Schweigen. Die beiden Bewerber werden mit dem Hinweis entlassen, dass sie nicht für die Wasserschutz-Polizei in Frage kommen. Sie melden sich bei der Volkspolizei zurück.
»Welche Fragen haben die euch denn gestellt?« will der Vorgesetzte wissen.
»Was passiert mit Wasser unter null Grad?«
»Hm. Hätt ich auch nicht gewusst. Und was noch?«
»Was passiert mit Wasser über hundert Grad?«
»Über hundert Grad? Seltsame Frage. Also wenn die gefragt hätten, was geschieht mit Wasser bei neunzig Grad, hätte ich ganz locker geantwortet: Da fließt es im rechten Winkel ab …«

Ein Volkspolizist sitzt mit seiner Frau im Kino. Die Filmszene zeigt einen schwankenden Steg, über den ein Polizist läuft. »Wetten«, sagt seine Frau, »dass der gleich ins Wasser fällt!«
Der Mann hält dagegen. Doch gleich darauf fällt der Polizist ins Wasser. Der Polizist

kopfschüttelnd: »Ich hab den Film gestern schon gesehen und hätte nie gedacht, dass der Kollege den gleichen Fehler noch einmal macht.«

Der Lehrer fragt nach Name und Berufswunsch.
Der Erste: »Ich heiße Egon.«
»Was möchtest du mal werden?«
»Weiß ich nich.«
Der Zweite: »Ich heiße Max.«
»Was möchtest du mal werden?«
»Weiß ich nich.«
»Wer von euch weiß denn, was er mal werden möchte?«
Einer in der letzten Reihe meldet sich: »Ich möchte Polizist werden.«
»Sehr schön, sehr gut«, sagt der Lehrer, »und wie heißt du?«
»Weiß ich nich.«

Endlich hat die Stasi den Mann gefunden, der die politischen Witze über die DDR verbreitet hat. Sie bringen ihn zum Verhör: »Wieso erzählst du solche Witze, gerade jetzt, wo wir im wirtschaftlichen Aufschwung sind?«
Darauf der Mann: »DER Witz war aber wirklich nicht von mir.«

Was ist die Höchststrafe in der DDR?
Drei Jahre ohne Beziehungen.

DDR-Chef Honecker veranstaltet mit seinem Verteidigungsminister, seinem Innenminister und seinem Staatssicherheitsminister Mielke und ihrem jeweiligen Gefolge eine Jagd. Die drei sollen miteinander um das prächtigste erlegte Wildschwein wetteifern. Am Ende der Jagd bringt der Verteidigungsminister mit seinen Leuten einen kapitalen Hirsch herbei, der Innenminister einen stattlichen Rehbock. Honecker zollt Anerkennung, aber es sind eben keine Wildschweine. Neugierig wartet er auf die Stasi-Leute. Endlich kommt Mielke, und Honecker traut seinen Augen nicht. Mielke präsentiert ihm einen kleinen zerzausten Hasen. Mielke sagt voller Stolz: »Genosse Honecker, du glaubst nicht, wie lange wir diesen Hasen verhören mussten, bis er endlich zugegeben hat, dass er ein großes Wildschwein ist.«

Einem Bürger wird das Telefon entzogen. Er beschwert sich und fragt nach den Gründen. »Sie haben den Staatssicherheitsdienst verleumdet.«
»Ich? Inwiefern?« will der Bürger wissen.

»Sie haben wiederholt am Telefon behauptet, der Staatssicherheitsdienst würde ihr Telefon abhören!«

Müller hat es übernommen, beim Zoll Nachhilfeunterricht in Mathematik zu erteilen.
»Und, wie läuft es?« fragt ihn ein Freund nach ein paar Wochen.
»Ach«, sagt Müller, »es ist zum Verrücktwerden. Das Einzige, was die kapieren, ist Wegnehmen und Teilen.«

Leonid Breshnew und Ronald Reagan können sich auf einem Gipfeltreffen nicht einigen, wer von ihnen beiden der Bedeutendere ist und das bessere Gesellschaftssystem vertrete. Sie beschließen, die richtige Antwort durch ein Autorennen mit ihren Staatskarossen zu ermitteln. Reagan gewinnt. Das Neue Deutschland meldet am nächsten Tag: »Bei einem internationalen Autorennen am Rande eines Gipfeltreffens belegte unser verehrter Genosse Breshnew einen hervorragenden zweiten Platz, während US-Präsident Reagan nur Vorletzter wurde.«

Ein Bürger fragt im Gesundheitsministerium an, welche Gemüsesorten er für eine gesunde Lebensweise bevorzugen solle. Die Antwort lässt lange auf sich warten, doch sie kommt. »Ihre Frage ist nicht einfach zu beantworten. Im vergangenen Jahr beispielsweise war Porree sehr bekömmlich. In diesem Jahr sollten sie Rotkohl bevorzugen. Für das nächste Jahr haben wir die Forschungen noch nicht abgeschlossen. Von Spargel raten wir generell ab.«

Es ist gelungen, Karl Marx wieder zum Leben zu erwecken. Man will ihm Gelegenheit zu einer halbstündigen Fernsehansprache geben. Er sitzt im Studio. Da kommt der Redakteur Außenpolitik zu ihm und sagt. »Tut mir leid, wir müssen die Sendezeit halbieren – eine Freundschaftsdelegation aus der Sowjetunion ist soeben zurückgekehrt.« – »Gut«, sagt Karl Marx und kürzt seinen Text. »Es tut mir leid«, sagt der Redakteur Wirtschaft, »ein Erntebericht muss gesendet werden, wir müssen die Zeit noch einmal halbieren.« – »Gut«, sagt Karl Marx und kürzt seinen Text. Da kommt der Sportredakteur und sagt: »Tut mir leid. Die Übertragung des Fußballspiels beginnt gleich. Sie können nur eine Minute Sendezeit kriegen.«

»Gut«, meint Karl Marx, tritt vor die Kamera und sagt: »Proletarier aller Länder« – blickt auf die Armbanduhr – »entschuldigt mich.«

Der Papst besucht die DDR. Er sieht den restaurierten Berliner Dom und äußert sich anerkennend, sieht den Palast der Republik und sagt: »Da habt ihr aber ein schönes Pfarrhaus errichtet.«

Eine Banane rennt durch Ost-Berlin, eine Horde DDR-Bürger hinterher ... Kommt der Banane eine Kiwi entgegen: »Warum rennst du so?«
Ruft die Banane: »Komm schnell mit, wenn die uns kriegen, fressen sie uns!«
Darauf die Kiwi: »Ich habe nichts zu befürchten – die kennen mich nicht ...«

Was macht ein Aal in der Saale?
Er lernt Chemiefacharbeiter.

Die drei kleinsten Bücher der Welt: das Kochbuch der Polen, das Arbeitsgesetzbuch der Rumänen, der Reiseatlas der DDR.

»Der Papst kommt nach Leipzig«, meldet die Presse.
»Na endlich, dann ist auch der letzte Pole in der DDR gewesen.«

Ein klapperdürrer polnischer Schäferhund und ein vollgefressener DDR-Mops treffen sich auf der Brücke der Freundschaft in Frankfurt/Oder.
»Wo willst du hin?« fragt der Dicke.
Der andere antwortet: »In die DDR. Mal wieder richtig was fressen! Und was willst du in Polen?«
»Mal wieder richtig bellen.«

Erich Mielke als Gastredner auf dem Schriftstellerkongress: »Liebe Genossen, liebe Kollegen, wir im Ministerium für Staatssicherheit verfolgen aufmerksam die Literatur unserer Republik ...«

»Hast du schon gehört, ein Sportwagenmodell Trabant kommt auf den Markt!«
»Nee, wie sieht das denn aus?«
»Mit Turnschuhen im Handschuhfach.«

Unterhalten sich zwei Parteiveteranen über die veränderten Zeiten.
»1905«, sagt der eine, »hatten wir zur Tarnung eine Flasche Wodka auf den Tisch gestellt und das Kommunistische Manifest unter dem Tisch versteckt.«
»Ja, ja,«, sagt der andere, »heute, 1985, ist das umgekehrt.«

Reagan und Gorbatschow unterhalten sich.
Reagan sagt: »Wenn ich über meine Farm fahre, setze ich mich in mein Auto und fahre drei volle Tage.«
»Und wenn ich mein Datschengrundstück besichtige, setze ich mich in mein Auto und fahre eine Woche.«
»Tja«, sagt Reagan, »solche Autos hatten wir früher auch.«

DDR

Reagan, Breshnew und Honecker fliegen im Flugzeug über dem Dschungel. Das Flugzeug stürzt ab und sie werden von einer Horde Kannibalen gefangen genommen.
Der Häuptling: »Nennt mir euer Land aus dem ihr kommt, und wenn wir es kennen, landet ihr nicht im Kochtopf.«

Reagan: »Ich komme aus den USA!« Häuptling: »USA? Kennen wir nicht, ab in den Kochtopf!«
Breshnew: »Ich komme aus der UdSSR!«
Häuptling: »UdSSR? Kennen wir nicht, ab in den Kochtopf!«
Honecker hat schon mit dem Leben abgeschlossen und sagt kleinlaut: »Ich komme aus der DDR.«
Darauf geht ein Jubelschrei durch den ganzen Stamm. Die Kannibalen beginnen wild zu tanzen und stoßen schrille Freudenrufe aus. Honecker fragt den Häuptling, woher er denn die DDR kenne. Darauf der Häuptling: »Na, da haben wir doch studiert.«

Treffen zwischen Honecker, Ceausescu und Breshnew. In der Pause fragt Ceausescu Honecker: »Sag mal, hast du Leonids goldene Uhr gesehen?«
»Nee ...«, sagt Erich, »... zeig mal!«

Ein Rentner sitzt jeden Tag an der Elbe und angelt, um sich die Zeit zu vertreiben. Eines Tages fängt er tatsächlich etwas, sogar einen großen, goldschimmernden Fisch.
»Wirf mich bitte wieder in den Fluss«, sagt der

Fisch, »dann erfülle ich dir einen Wunsch.«
Der Rentner überlegt lange.
»Nur zu, mein Freund«, sagt der Fisch, »ich sehe doch, dass es dir nicht gut geht.«
»Na ja«, sagt der Rentner, »ich habe eigentlich nur einen einzigen Wunsch: Ich möchte in ein gut versorgtes Altersheim.«
Da kracht und blitzt es, und der Rentner findet sich auf einem langen Flur wieder. Er fragt einen Mann, der vorüberkommt: »Entschuldigen Sie bitte, wo bin ich hier?«
»Das wissen Sie nicht?« antwortet der verwundert. »Im Politbüro.«

DDR

Der Stadtreporter fragt im Werk, wie man die Jahresendprämie verwendet hat. Der Werkleiter antwortet: »Ich habe mir einen Wartburg gekauft und den Rest auf mein Konto eingezahlt.«
Der Abteilungsleiter antwortet: »Ich habe mir einen Trabant gekauft und den Rest auf mein Sparbuch eingezahlt.«
Die Arbeiterin sagt: »Ich habe mir einen schönen Pullover im Exquisit gekauft.«
»Und der Rest?« fragt der Stadtreproter.
»Oh, den hat mir meine Oma dazugegeben.«

Ein DDR-Bürger fährt nach Zwickau ins Automobilwerk, um einen Trabant zu kaufen. Er sagt dem Verkäufer: »Hier sind 8000 Mark. Dafür hätte ich jetzt gerne einen 601'er mitgenommen.«
Der Verkäufer: »Wollen Sie den Wagen mit getönten Scheiben, Metallic-Lackierung, Alu-Felgen, Radio, Sitzheizung, Klimaanlage und Lederausstattung? Alles gleich zum Mitnehmen?«
Darauf der Kunde: »Sagen Sie, wollen Sie mich verarschen?«
Der Verkäufer gelassen: »Ja, wer hat denn damit angefangen?«

Die Ostasienreise Erich Honeckers war eine der lehrreichsten. Er brachte folgende große Erkenntnisse mit nach Hause:
In Nordkorea hat er erfahren, dass Aufmärsche noch viel pompöser sein können.
In China hat er erfahren, dass man eine Mauer noch viel länger, dicker und höher bauen kann.
Und in der Mongolei stellte er fest, dass man außerhalb der Hauptstadt auch in Zelten leben kann.

Das Feinmechanik-Kombinat hat einen Draht entwickelt, der so dünn ist, dass er in der DDR mit eigenen Messgeräten nicht gemessen werden kann. Der Kombinatsleiter sendet den Draht zum Nachmessen an einen japanischen Hersteller. Nach einiger Zeit kommt das Päckchen zurück. Stolz öffnet der Kombinatsleiter es vor den Augen der Kollegen. In dem Päckchen liegen der Draht und ein Brief: »Liebe Kollegen, leider ist uns der Brief zu euerm Päckchen abhanden gekommen. Somit wussten wir nicht, was wir mit der Lieferung anfangen sollten. Wir haben euch deshalb als Service eine Außen- und ein Innengewinde am Draht angebracht.«

Warum ist die Banane krumm?
Weil sie immer einen Bogen um die DDR macht.

Fragt ein kleines Mädchen seine Mutter: »Was sind Menschenschlangen?«
»Das sind«, antwortet die Mutter, »Menschen, die sich hintereinander anstellen, um Apfelsinen zu kaufen.«
Fragt das Mädchen: »Mutti, und was sind Apfelsinen?«

Ein Schlachthof in Dresden erfüllt seinen Plan nur zu fünfzig Prozent. Der Direktor meldet fünfundsechzig Prozent an die SED-Kreisleitung. Der Kreisleitungssekretär erhöht auf fünfundsiebzig Prozent. Die SED-Bezirksleitung telegrafiert gewohnheitsgemäß 99,8 Prozent nach Berlin weiter. Im Wirtschaftsministerium wird die Bilanz auf hundert Prozent gerundet. Im Zentralkomitee entscheidet man: »Die Hälfte wird exportiert, der Rest bleibt für den Binnenhandel.« Erich Honecker erkundigt sich bei Günter Mittag nach der Höhe der Ausschuss-Produktion. »Nur acht Prozent«, sagt Mittag stolz. »Aber reicht denn das zur Versorgung unserer Bevölkerung?« fragt Honecker.

Eine Kundin fragt einen Lehrling im Kaufhaus nach Weißkohl. »Ham wa nich!«
Das hört der Lehrausbilder. »Du gehst da falsch ran. Wenn du nach Weißkohl gefragt wirst, sagst du, Weißkohl haben wir nicht, aber Rotkohl ist vorrätig.«
Am nächsten Tag ist der Lehrling in der Haushaltwarenabteilung. Kommt eine Kundin und fragt: »Haben Sie Klopapier?«
»Nein«, sagt der Lehrling, »Klopapier haben wir nicht, aber Sandpapier ist vorrätig …«

Die Produktion von Schlafzimmern wird wegen nicht vorhandenen Bedarfs eingestellt.
Die Intelligenz ruht auf Lorbeeren, die Werktätigen sind wachsam, und alle anderen sitzen.

Ein Amerikaner sieht zur Messezeit in Leipzig eine lange Schlange vor einem Lebensmittelladen. »Bei uns kann man ohne weiteres alles kaufen«, sagt er.
»Das war früher bei uns auch so. Da sehen Sie mal, wie weit die USA zurückgeblieben ist.«

Nun muss man tatsächlich auf ein Auto nur noch 4 Tage warten:
Einen Tag Anmeldung und drei Parteitage.

Die DDR wurde in das Guinness-Buch der Rekorde eingetragen:
Sie hatte die meisten Kinder pro Banane.

Warum hat die DDR Karl May rehabilitiert?
Durch Old Shatterhand soll die Bevölkerung lernen, die roten Brüder zu lieben ...

Eine Kundin beschwert sich: »Gestern habe ich zwei Dosen Fisch gekauft. In der einen war nur Tomatensoße, in der anderen der Fisch. Wie geht denn das?«
»Sein Se froh, dass Se nicht die dritte erwischt haben, in der müssen wohl die Gräten gewesen sein.«

Frühstückspause im Politbüro. Alle packen ihre Stullen aus.
»Hast du etwa wieder Räucherlachs auf der Stulle?« fragt Mittag Sindermann.
»Nur ungarische Salami. Und du?«
»Ich habe Leberwurst aus eigener Produktion«, sagt Mittag.
»Ich muss doch mal sehen, was Erich drauf hat«, meint Sindermann. Er kommt mit betretenem Gesicht zurück.
»Erich ist uns schon wieder um zwei Jahre voraus«, erklärt er, »nur trocken Brot.«

Reagan, Breshnew und Honecker fragen den lieben Gott, was im Jahr 2000 sein wird. Zu Reagan sagt der liebe Gott: »Im Jahre 2000 werden die USA kommunistisch sein.« Da wendet sich Reagan ab und weint ganz bitterlich.

»Und was wird mit der Sowjetunion?« fragt Breshnew. »Die Sowjetunion«, sagt der liebe Gott, »wird aufgesogen vom Großchinesischen Reich.« Da wendet sich Breshnew ab und weint ganz bitterlich.
»Und wo steht die DDR im Jahre 2000?« fragt Honecker. Da wendet sich der liebe Gott ab und weint ganz bitterlich.

Ein ausgereister DDR-Bürger geht in Westberlin in den Laden und verlangt eine Schachtel F 6.
»Ham wa nicht«, sagt die Verkäuferin.
Daraufhin der Mann: »O Gott, geht das schon wieder los!«

DDR

Mielke bekommt Besuch von seinem Enkel. Er fragt ihn, was er werden will, wenn er groß ist.
»Vielleicht General«, sagt der Junge, »geht das?«
»Natürlich, wenn du fleißig lernst und ganz diszipliniert bist.«
»Oder auch Generalsekretär?«
»Aber nur, wenn du ganz besonders diszipliniert bist«, sagt Mielke.
»Oder Chef der Staatssicherheit?«
»Das geht nicht, das bin ich schon.«

Was ist ein ostdeutsches Streichquartett?
Ein Sinfonieorchester nach der Rückkehr von der Westtournee.

Ein Genosse geht zu seinem Parteisekretär und möchte aus der SED austreten. Nach den Gründen befragt, sagt er: »Es gibt zwei Gründe. Zum einen, dass ich Angst davor habe, was mit uns gemacht wird, wenn es mal anders kommt.«
Darauf der Parteisekretär: »Da kann ich dich beruhigen, es kommt nicht anders!«
»Und genau das ist der zweite Grund ...«

»In unserer Partei gibt es zwei Strömungen. Die erste handelt aus Angst, die zweite aus Überzeugung«, meint ein hoher Funktionär zu Honecker, »welche sollen wir bevorzugen?«
»Die aus Angst. Die Überzeugung kann wechseln.«

Das Hotel Merkur in Leipzig wird von den Japanern gebaut. Gegenüber befindet sich eine Baustelle des volkseigenen Baukombinats. Jeden Morgen bei Baubeginn verbeugen sich die Japaner zu den deutschen Bauarbeitern.

Dem Oberbauleiter wird das nach einigen Tagen unheimlich, er schickt den Bauleiter zu den Japanern, um die Gründe zu erfragen. Der kommt zurück mit der Nachricht: »Die Japaner möchten sich entschuldigen, dass sie den Bummelstreik nicht mitmachen.«

Ein Gast aus der Bundesrepublik fragt den Kellner im Interhotel, was er bestellen könne. Der Kellner sagt: »Alles, mein Herr.«
Der Gast erwidert: »Das glaube ich nicht.«
Der Kellner: »Nennen sie mir ein Gericht, und ich serviere es Ihnen. Wenn nicht, zahle ich Ihnen 500 Mark.«
Der Mann bestellt gepökelten Elefantenpopo mit Zwiebelringen und Kroketten. Eine Stunde vergeht. Nichts. Kein Kellner lässt sich blicken. Da sieht der Gast, wie ein Elefant durch den Hoteleingang in Richtung Küche geführt wird. Nach einer weiteren Stunde erscheint der Kellner mit trauriger Miene. »Hier haben sie die 500 Mark. Mit Ihrem Menü klappt es nicht.«
»Wieso?« wundert sich der Gast. »Ich habe genau gesehen, wie ein Elefant in die Küche gebracht wurde!«
»Das schon«, sagt der Kellner, »aber treiben Sie mal in so kurzer Zeit Zwiebeln auf!«

Ein Werkleiter kommt zum Betriebsarzt und klagt über Schmerzen im Bauch. Der Arzt untersucht ihn, dann sagt er: »Nichts akutes, Genosse. Nur altersgemäßer Abbau.«
»Aber wie soll ich damit arbeiten?«
»Nun reißen Sie sich zusammen. Denken Sie an den Genossen Krenz – schwer zuckerkrank, und er arbeitet jeden Tag seine sechzehn Stunden.«
Ein paar Wochen später kommt der Werksleiter wieder zum Arzt und beschwert sich über unsagbare Schmerzen in den Beinen. Nach der Untersuchung sagt der Betriebsarzt: »Nichts akutes, Genosse. Nur alterbedingter Verschleiß.«
»Aber ich kann unmöglich damit arbeiten.«
»Denken Sie an den Genossen Mittag – Bein amputiert, und er arbeitet jeden Tag seine vierzehn Stunden.«
Drei Monate später kommt der Werkleiter wieder zum Arzt.
»Ich habe jetzt immer so ein Gefühl der Leere im Kopf …« Dann blickt er den Arzt an: »Aber nun überlegen Sie sich gut, was sie sagen!«

Reagan, Kohl und Honecker reiten durch die Wüste. Plötzlich erscheint eine Horde Beduinen, die hinter ihnen herreiten und ihnen offensichtlich ans Leder wollen.

Als erster notiert Reagan auf einem Blatt Papier ein paar Worte, wirft das Papier hinter sich. Die Beduinen heben es auf, lesen und reiten weiter. Die anderen fragen: »Ronald, was hast du denn geschrieben?«
»Ich habe geschrieben: Wenn ihr uns weiter verfolgt, wird die USA einen Militärschlag gegen euch durchführen.«
Als zweiter schreibt Kohl ein paar Worte auf einen Zettel und wirft ihn zurück. Die Beduinen heben ihn auf, lesen und reiten weiter.
»Helmut, was stand drauf?«
»Wenn ihr nicht sofort umdreht, bekommt euer Land keine Entwicklungshilfe mehr von der BRD.« Schließlich versucht Honecker sein Glück, schreibt einen Zettel und wirft ihn nach hinten. Die Beduinen lesen seine Mitteilung, drehen um und jagen in die Gegenrichtung los. Reagan und Kohl schauen ihn erstaunt an und fragen, wie er das denn fertiggebracht habe.
»Ich habe nur geschrieben: Wenn ihr so weiterreitet, dann seid ihr in fünf Minuten in der DDR!«

DDR

Was war das Positive an der Regierungszeit Tschernenkos?
Sie war kurz.

Frage: Wie kann man das Wort Perestroika ins Deutsche übersetzen?
Antwort: Man braucht dazu drei Wörterbücher. Im russisch-deutschen steht »Perestroika = Umgestaltung«. Im Wörterbuch der Architektur findet man »Umgestaltung = Rekonstruktion«. Und schließlich steht im Fremdwörterbuch: »Rekonstruktion = Wiederherstellung des alten Zustandes.«

Warum küsst Honecker den Gorbatschow immer so innig?
Er beginnt mit der rechten Wange und fragt: »Hast du mir was mitgebracht?« Danach wendet er sich hoffnungsvoll der linken Wange zu: »Kann auch aus dem Westen sein!«

Bei einem Besuch Honeckers in Österreich werden die einzelnen Minister vorgestellt. Als der österreichische Seefahrtsminister vorgestellt wird, lacht Honecker.
Der Gastgeber sagt: »Warum lachen Sie? Ich habe vorhin auch nicht gelacht, als Sie Ihren Handelsminister vorgestellt haben!«

DDR

Honecker fährt morgens in sein Büro, öffnet das Fenster und sagt; »Guten Morgen, liebe Sonne.« Die Sonne erwidert: »Guten Morgen, Genosse Staatsratsvorsitzender der DDR, ich wünsche einen erfolgreichen Tag.«
Honecker sagt: »Das ist aber nett von dir, liebe Sonne.« Er arbeitet, tritt mittags hinaus auf den Balkon und sagt: »Guten Tag, liebe Sonne.«
Die Sonne antwortet: »Guten Tag, lieber Erich!«
Am Abend geht er noch einmal zum Fenster und sagt: »Vielen Dank, liebe Sonne, ich hatte einen angenehmen Tag.«
»Ach, Mann«, sagt die Sonne, »du kannst mich mal, jetzt bin ich im Westen!«

Es ist schwarz, fliegt durch die Luft und darf nicht nach dem Westen – was ist das?
Ein Pechvogel!

Honecker lässt sich bei seinem Friseur in Wandlitz die Haare schneiden. Der plaudert munter, andauernd fällt das Wort Perestroika. Irgendwann reicht es Honecker, er verbietet dem Friseur, das Wort auszusprechen.
»Schade«, sagt der, »immer, wenn ich Perestroika sage, stehen Ihnen so schön die Haare zu Berge.«

Honecker liegt im Regierungskrankenhaus. Um sein Bett ist das ganze Politbüro versammelt.
»Ist Staatssicherheitsminister Mielke hier, ist Verteidigungsminister Keßler anwesend?« fragt er mit schwacher Stimme.
»Jawohl«, schallt es im Chor zurück.
Da richtet sich Honecker auf und fragt: »Und wer passt inzwischen auf das Volk auf?«

Frage: Worin unterscheidet sich eigentlich der Ceausescu-Clan noch von den Habsburgern?
Antwort: Die Habsburger haben nacheinander regiert.

Der liebe Gott betrachtet die Erde und stellt fest, dass er mit seiner Schöpfung wahrlich nicht zufrieden sein kann. Er bestellt die Staatsoberhäupter zu sich und erklärt ihnen, dass er es satt hat und in vierzehn Tagen eine neue Sintflut über die Erde schicken wird.
Reagan kommt zurück und erklärt im Weißen Haus: »Ich habe eine gute und eine schlechte Nachricht. Die gute Nachricht: Gott hat mit mir persönlich gesprochen. Die schlechte: Wir können das SDI-Programm nicht zu Ende führen.« Gorbatschow ruft seine engsten Berater

im Kreml zusammen und sagt: »Genossen, ich habe zwei schlechte Nachrichten. Erstens: Es gibt Gott doch, und zweitens: Wir können die Perestroika nicht zu Ende führen.«
Honecker beruft das Politbüro ein und verkündet: »Ich habe zwei gute Nachrichten, Genossen. Erstens: Unsere Kirchenpolitik hat sich bewährt; ich hatte gerade ein Gipfeltreffen mit Gott. Zweitens: Wir müssen die Perestroika nicht bei uns einführen.«

Kurz vor der 750-Jahrfeier Berlins gehen Honecker und Stoph durch Berlin. Sagt Stoph zu Honecker: »Sag mal Erich, haben wir unser Berlin nicht schön zurechtgemacht?«
»Stimmt«, sagt Honecker, »aber die Mauer sieht erbärmlich aus.«
»Kein Problem, ich hole 10 000 Maurer aus der Republik, die verputzen die Mauer frisch.«
Nach zwei Tagen geht Honecker an der Mauer entlang und sieht dort einen einzigen Maurer, der Sand siebt, mischt, den Mörtel zur Mauer karrt und aufbringt. Erich ruft wütend nach Stoph: »Genosse, was denkst du dir? Du wolltest 10 000 Maurer holen ...«
»Hab ich doch«, sagt Stoph.
»Ich habe aber nur einen gesehen!«

Darauf Stoph: »Die anderen haben sich alle für den Außenputz gemeldet ...«

Mielke kommt zu Krenz: »Stell dir mal vor, der Honecker läuft durch den Garten und zieht ein Holzpferdchen hinter sich her.«
»Naja, die Nerven …, wenn's der Entspannung dient.«
»Ja, schon«, sagt Mielke, »es ist aber mein Holzpferdchen!«

Margot Honecker trifft Inge Lange. »Ich bin ganz glücklich«, sagt sie mit roten Wangen, »stell dir vor, ich habe eine Erstausgabe vom Kapital für meinen Erich bekommen.«
»O ja«, sagt Inge Lange begeistert, »das war ein guter Tausch.«

Großer Empfang. Ein Volkspolizist nimmt sich ein Herz und fordert Margot Honecker zum Tanz auf. Während des Tanzes fragt er sie, ob sie als Volksbildungsministerin in den Schulen gegen die Volkspolizistenwitze einschreiten kann. Die Volkspolizisten seien nicht so dumm, wie der Volksmund behauptet.

Margot daraufhin: »Na sicher, Genosse. Aber seltsam ist es schon: Sie sind der Erste, der mich während der Nationalhymne zum Tanz aufgefordert hat.«

Wie bittet ein Volkspolizist um politisches Asyl?
Er geht in den Intershop und setzt sich ins Regal.

Warum gab es in der DDR so wenig Banküberfälle?
Weil man 15 Jahre auf ein Fluchtauto warten musste.

Erich Honecker hat sich ein Bein gebrochen.
Er ist in eine der vielen Versorgungslücken gefallen ...

Honecker hat hat sich den Arm gebrochen.
Er wollte sich auf sein Volk stützen.

Honecker hat seinen Bäcker verhaften lassen.
Er wollte ihm immer Reformbrot unterschieben.

Honecker hat seinen Chirurgen verhaften lassen. Er wollte sich in seine inneren Angelegenheiten einmischen.

Die politische Schulung der Bevölkerung in der DDR ist kostenlos.
In der Regel ist sie aber auch für umsonst.

Echowitz:
Die DDR hat Weltniveau … wo… wo …

Wie leben die Rentner in Europa?
Ein Rentner in England trinkt morgens seinen Tee, dann liest er die Times. Ein Rentner in Frankreich trinkt morgens seinen Aperitif, dann macht er einen Spaziergang an der Seine. Ein Rentner in der DDR nimmt morgens seine Herztropfen, dann geht er zur Arbeit.

»Ich habe dich nicht bei unserer letzten Parteiversammlung gesehen, Genosse Müller.«
»Oh, das tut mir leid. Ich wäre bestimmt gekommen, wenn ich gewusst hätte, dass es die letzte war.«

Erich Honecker ruft Helmut Kohl an und fragt ob er einen neuen Volvo bekommen könne. Darauf sagt Helmut scherzhaft: »Okay, geht seinen sozialistischen Gang.« Darauf meint Honecker ganz erschrocken: »Nein, nein ich brauch ihn doch schon nächste Woche!«

DDR

Ein Zöllner untersucht das Gepäck eines DDR-Bürgers, der in den Westen ausreist. »Verstehe ich nicht«, sagt er, »Sie reisen aus und nehmen ein Bild von Erich Honecker mit?!«
»Gegen Heimweh.«

Auf dem Alexanderplatz tritt ein Volkspolizist an einen herumlungernden jungen Mann heran: »Wollen Sie sich bitte ausweisen, Bürger?«
»Ach, kann man das jetzt schon selbst?«

Anzeige in der New York Times: Arbeiter und Bauern gesucht, Staat vorhanden. E. Honecker.

DDR

Nach Erichs Abdankung müssen die Honeckers nach Marzahn umziehen. Vor dem Auszug aus Wandlitz geht Margot noch einmal in die

Wandlitzer Kaufhalle und kauft ein. Nach einer Woche in der neuen Wohnung ist der Kühlschrank leer. Margot geht wieder einkaufen. Sie kommt mit fast leerem Netz nach Hause.
»Stell dir das nur vor, Erich«, schimpft sie. »Kein Filet, kein Räucheraal, keine Mangos, nicht einmal Bananen und Kiwis gab es!«
Meint Honecker: »Siehst du, kaum bin ich eine Woche nicht mehr im Amt, da gibt es schon nichts mehr zu kaufen.«

18. März 1990. Zehn Minuten nach Beginn der Übertragung aus dem Wahlstudio im Palast der Republik kommt beim Adlershofer Fernsehsender ein Telegramm aus Lobetal an: »Fernsehspiel sofort abbrechen. Erwarte die Verantwortlichen am Dienstag in der Politbürositzung zur Selbstkritik. Honecker.«

Nach seinem Ableben klopft Honecker bei Petrus an die Tür. Dieser sieht nach und fragt: »Du hast dich wohl verlaufen? Ab in die Hölle!«
Ein halbes Jahr später klopfen zwei Teufelchen bei Petrus an. Petrus: »Ihr seid ganz falsch hier!«
Sie entgegnen: »Nein, wir sind die ersten Flüchtlinge …«

Karikaturen:
Paul Pribbernow (4)
Nabil el Solami (26)
Louis Rauwolf (54)
Barbara Henniger (88)

ISBN 978-3-359-02206-0

Umschlaggestaltung: Andreas Fack unter Verwendung eines Motivs von Peter Butschkow
Satz: Filip Krause
Druck und Bindung: Druckerei Finidr

Ein Verlagsverzeichnis schicken wir Ihnen gern:
Eulenspiegel · Das Neue Berlin
Verlagsgesellschaft mbH & Co. KG
Neue Grünstr. 18, 10179 Berlin
Tel. 01805/30 99 99
(0,14 Euro/min aus dem deutschen Festnetz,
abweichende Preise für Mobilfunkteilnehmer)

Die Bücher des Eulenspiegel Verlags
erscheinen in der Eulenspiegel Verlagsgruppe.

www.eulenspiegel-verlag.de